運気をつかめ！

殿さま商売人

JN181526

沖田 正午

時代小説

二見時代小説文庫

目　次

運気をつかめ！——殿さま商売人3

第一章　悲願の大事業

一

甚大な被害をもたらす水害は、数年に一度の割合でやってくる。

およそ二年前に遭った野分《のわき》の被害を、下野《しもつけ》三万石鳥山《とりやま》藩主小久保《こくぼ》忠介《ただすけ》は忘れることができないでいた。

藩の財政立て直し策を、大和芋《やまといも》や稲作など農作物の栽培に托したものの、河川の氾《はん》濫《らん》により大打撃を被《こうむ》った。

領地を鬼怒川《きぬがわ》と那珂川《なかがわ》に挟まれた鳥山藩の悲願は、どんな天変地異《てんぺんちい》でも決壊しないという、頑丈な護岸を築くことにある。そのための資金の捻出に、小久保忠介は藩主の傍《かたわ》ら商売人として二股をかけ、粉骨砕身《ふんこつさいしん》の日々を送っているのであった。いつしか領民たちは忠介のことを『殿さま商売人』と、陰ながら呼ぶようになっていた。

文政《ぶんせい》十三年は、五月初旬。

鳥山藩の城下は、夏の祭りで賑わいを見せていた。

忠介の執《と》った財政再建策が功を奏し、これまで貧しさに喘《あえ》いでいた領民は、誰もが心身ともに潤《うるお》いに満ちた顔であった。

祭りは数年ぶりの復活である。

財政逼迫《ひっぱく》の折は食うのが精一杯で、それどころではなかった。筑紫《つくし》神社の社務所に納められていた大神輿《みこし》が、久しぶりに日の目を見ることとなった。

領内の若者たちに担がれた神輿が、城下の町を練り歩く。雲一つない五月晴《さつきば》れの天から放たれた陽光が、神輿の屋根につく鳳凰《ほうおう》の飾りを眩《まぶ》しく照らす。その反射した光が神輿を取り囲む群衆の顔に当たって輝き、誰もが活気に満ち溢れているようだ。

鳥山藩の守護を仕《つかまつ》る筑紫神社の氏神《うじがみ》様への、農作物の豊作と水害の厄除《やくよ》け祈願が祭りには込められている。

笛や太鼓が奏でる祭囃子《ばやし》が、鳥山城内にいる忠介の耳にも届いていた。

「ずいぶんと城下は賑やかみてえだな」

忠介が、およそ殿様らしくないべらんめえ口調で、傍《かたわ》らにいる城代家老の太田光善《おおたみつよし》に話しかけた。

「いかがですかな殿、城下に行きましてご覧になってこられましては」

満面笑顔を浮かべて返した重鎮太田の、機嫌は上々であった。君主としての、品格のない口調を諫《いさ》めることはもうない。それよりも、家臣一同忠介のことを、稀代《きたい》の名君と崇《あが》めるようになっていた。

家臣、領民の心を掌握したかと思えるも、忠介は浮かぬ表情であった。

「いかがなされましたかな、殿……？」

祭り見物を勧めたものの返事のない忠介に、太田は訝《いぶか》しげに問うた。

「いや、そんな暇はねえし、浮かれている場合じゃねえよ」

「民、百姓たちは……」

「百姓と言うんじゃねえ、おをつけろとなん度言わせるんで？　誰のおかげでうまい飯《まんま》を……」

食えるのだとは、耳にたこができるほど太田たちは聞かされている。忠介の言葉をみなまで聞かず、家老の太田が深く頭を下げた。

「これはご無礼を。民、お百姓たちは殿のご尊顔を拝したいと願っておりますぞ」

「おれのご尊顔なんぞ拝したところで、屁《へ》のつっかえ棒にもなりはしねえさ。それよりか大事なことは、いくらでもあらあな」

忠介は脇息《きょうそく》に体を預けながら、真顔《まがお》でもって言った。

「殿は、祭りがお嫌いなので……?」

「いや、そんなんじゃねえ。祭りでもって、みんなが喜ぶのはこっちにとってもうれしい限りだ。だがなあ……」

「だがなあとは……?」

「こんなところでおれたちは、甘んじてちゃいられねえってことよ。まだまだ有頂《うちょう》天《てん》ではいられねえってことだ。それに『好天吉日魔《こうてんきちじつま》の前兆《ぜんちょう》』って言うじゃねえか」

「好事魔多《こうじまおお》しとは聞いたことがございますが、その好天なんとかってのは耳にしたことがございません」

「そりゃそうだ。おれが作った言葉だからな。調子がよいからといって、浮かれ気分になるなってことだ」

いつも忠介は、自らの言葉でもって心を戒《いまし》めている。

「なるほど、それはよいお心がけでございます」

家老太田の頭が下がった。

忠介の憂いは、いつも天に向いている。

今年も雨季が近づいている。このごろでは、五月雨《さみだれ》を梅雨《つゆ》という表現をする。

あと半月もすれば、例年ならば入梅《にゅうばい》となる。うっとおしいながらも、梅雨は農作物にとって恵みの雨なのだが、忠介の懸念《けねん》は、梅雨明けからその後にあった。

猛暑となる夏に、下野では雷が多く発生する。

日光、那須《なす》連山からの冷たい大気と、関八州《かんはっしゅう》の平野を通る南からの温かい空気がぶつかり合って発生する入道雲は、夏の嵐と化して野州《やしゅう》を襲う。烏山は地形からして、雷雲の通りやすい道に当たり、とりわけ多く豪雨に見舞われる土地柄であった。

『雷三日』とはよく使われる言葉だが、ときとして烏山領内では六日も七日もつづくことがある。その間だけで降る雨量を積算すると、年間の量にも匹敵する。そこに、山から下りてきた濁流が加わり、川は一気に水嵩《みずかさ》を増す。水面は土手の高さぎりぎりのところまで来て、溢れんばかりとなるのは例年のことであった。そこにもってきて、野分にでも襲われたら以前のように領内は水没する。そんな心配が、いつも忠介の頭の中で疼《うず》いているのであった。

「毎年毎年、ひやひやするのは嫌だからな」

「殿は、鬼怒川と那珂川のことを案じておられるので？」

「あたぼうよ」

「あたぼうとは、あたり前って意味でござりますな？」

「ああ、そうだ。なんとかして、土手に盛土をして六尺高くしなくてはならねえ。だが、ただ高くしただけじゃあ駄目だ。がっちりとした強固な護岸としなくては、すぐに決壊ということも……」

忠介は考える風となって、言葉が止まった。

「……あと一万両か」

口からふと呟きが漏れた。

「一万両とは……？」

呟きが、太田の耳に入る。

「両方の川の氾濫を防ぐには、そのくらいの金がまだいるってことだ。とろろごぜんの収益だけでは、とても追いつくもんじゃねえ」

このときの忠介は、大和芋を擂《す》ったとろろ汁を売りものとする『とろろごぜん』と銘打った店舗展開を、江戸と鳥山藩内で行っている。その原材料の卸《おろ》しと店の名義貸し料、そして売り上げの歩合《ぶあい》で成り立つ商いであった。

商いのほうは順調である。祭りが復活できたのは、そのおかげであった。

経営に当たっては、三十俵二人扶持《ぶち》の禄《ろく》を取る下級家臣の、皆野千九郎《みなのせんくろう》という男を大番頭《おおばんとう》として登用し、運営に当たらせている。

千九郎は、忠介の有能な補佐役としてなくてはならない存在であった。以前は勘《かん》定方《じょうがた》の末席に属しており、算盤勘定役《そろばんかんじょうやく》という閑職にあった男である。算盤勘定役というのは、珠《たま》を弾《はじ》いて勘定をするものではない。毎朝出仕してはその数を検《あらた》めるだけという、子供にでもできるような役目についていた男を見い出したのは、ある意味忠介の炯眼《けいがん》ともいえる。

今、江戸と鳥山藩内には『とろろごぜん』の店がおよそ二百店ある。この一年で一気にそこまで伸ばしたものの、出店軒数も徐々に頭打ちになってきたところだ。

もっと積極的に広めたいところだが、それにはやたらとできない事情《わけ》があった。

食べ物商売は、危うさを伴うものでもある。一番怖いのは、食中《しょくあた》りなどの事故である。とくに食材が傷《いた》みやすい夏場は気をつけなくてはならない。店の運営が他人任《ひとまか》せであるだけに、隅々《すみずみ》にまでは目が届かないのが難点であった。信用失墜が、本家の屋台骨を揺るがしかねないのだ。

店の数が頭打ちになれば、売り上げは減ってくる。一店の出店契約料を五十両としてある。その収入の見込みがこのところ減少してきていた。

いくら土手の改修を急がなくてはならないといえど、利益の全てをそこに注ぐわけにはいかない。領民が働いた報酬も、その中から捻出する。それら全部を差し引いた純益は、月々に五百両にも満たなくなってきている。

「川が一本ならいいんだが、二本あるからなあ」

愚痴《ぐち》が忠介の口をついた。

鬼怒川と那珂川をいっぺんに修復するには、一万五千両の金が必要と積算されている。

苦労をかけてきた領民に、今ある以上の年貢《ねんぐ》を取り立てるわけにはいかない。忠介は、なんとかして土手の修復を、自らの力でもって成し遂げようと考えていたのである。

それでも蓄えは五千両できている。

――足りないのは一万両。

そんな思いがよぎり、忠介の顔は苦笑いとなった。

「殿、何かおかしいことでも……？」

ふと目尻の下がった忠介の顔に、太田は何があったかと訊いた。

「一万両ってのは、足りるとか足りねえって話じゃねえよな」

「それはまあ、大層な金額で……」

「そいつをとろろごぜんだけで捻《ひね》り出すには、あと二年が必要ってことか」

ふーっと大きなため息が、忠介の口から漏れた。

「……それまで、川の決壊がなければいいんだが」

「とりあえず、今ある賦課金の中で弱い個所を修繕しておりますので……」

鳥山藩の財政の中からでは、それだけで手一杯であった。

「次の手を打《ぶ》つか」

このとき忠介の脳裏に浮かんだのは、とろろごぜんに匹敵する、新規事業の立ち上げであった。むろん今はまだ、何をしようかとまでは浮かぶものではない。

しばらく考えた末、いきなり口にする。

「よし、江戸に行くぞ」

「なんと仰《おお》せで……？」

太田の、仰天《ぎょうてん》する目が向いた。

「江戸に行くと言ったのだ。千九郎と会ってくる。それと、なんだか気になることがあってな」

新規事業の立ち上げ以外に、ふと忠介の脳裏に不安がよぎった。

「気になりますとは……？」

「なんだか分からねえが、ちょっと気持ちの中が疼くんでな」

「そうしますと、また、お忍びで……？」

「ああ、そうだ。商人の形《なり》で行くから、すぐに用意してくれ」

藩の政《まつりごと》ではなく、商いでの江戸行きなので、ここは忍びの行動とわきまえることにする。

秋の参勤交代《さんきんこうたい》を待つことなく忠介は、とろろごぜんの本拠である江戸の下屋敷を目指すことにした。

二

こうと決めたら忠介の動きは早い。

商人の旅姿に扮《ふん》した忠介は、翌日の早朝江戸へと旅立つ。道中何かあったらまずいとの太田の諫言を聞き入れず、供《とも》ももたない一人旅であった。

千住大橋《せんじゅおおはし》で荒川《あらかわ》を渡り、忠介が無事に江戸に着いたのは、翌日の夜となっていた。

「この先の小塚原《こづかっぱら》はどうもいけねえ……」

　宿場を外れ、しばらくしたところに刑場がある。街道からも見える晒首《さらしくび》は、忠介の気持ちを怖気《おじけ》させた。

　この先を急いでも、どの道、下屋敷の門は固く閉ざされ藩邸には入れない。忠介は、一夜を千住宿南の旅籠《はたご》で過ごすことにした。

　宿場はまだ人の賑わいがあった。

「腹が減ったな。そういえば……」

　千住宿にもとろろごぜんの店があるのを、忠介は思い出した。店が閉まる宵《よい》五ツまでにはまだ間に合う。

　宿を取る前に、とろろめしにありつこうと忠介は店を目指した。

「……おや？」

　宿場の中ほどで営むとろろごぜんの店が、閉店時刻でないも提灯《ちょうちん》の明かりは消え、店先に垂れる暖簾《のれん》がしまわれている。腰高障子《こしだかしょうじ》の遣戸《やりど》は閉まるも、店の中は明かりが灯《とも》っている。

　腹減らしの旅人が、まだまだいるというのに店を閉めるのには早すぎる。

　忠介は、小首を傾げて遣戸の取っ手に手をかけた。しかし、つっかい棒がかかっているのか障子戸が開かない。

「すいません、もう看板なんで……」

奥から若い男の声がする。

「鳥山屋の者だが……」

忠介は、声音《こわね》を落として言った。商いの屋号は『鳥山屋』で通している。

「いけねえ、ご本家さんだ……」

二、三人の小声が障子戸を通して聞こえてくる。

「いいから、開けてくれ」

少々荒げた声を、忠介は障子越しに投げた。

しばらく間が開き、ガタンとつっかい棒の外れる音がして、遣戸が開いた。忠介の入店を拒むかのように、とろろごぜんと襟に抜かれた半被《はっぴ》を着る若者がつっ立っている。

「ちょっと、店を閉めるのが早いんじゃねえか？」

目の前にいる若者を押しのけるようにして、忠介は店の中へと入った。

娘は一人もいない。客との応対は、必ず娘にさせることになっている。店を出す際の、取り決めの一つであった。

店の半被を着た者が二人で、あとの二人は髷《まげ》の先を横になびかせた、遊び人風の男たちであった。明らかに、町のごろつきどもだ。

忠介がふと下を見ると、土間に賽子《さいころ》が一つ転がっている。店を早じまいさせ、どうやら博奕《ばくち》に興じていたようだ。

「店を閉めて、何をやっていたい？」

まだ二十歳にもなってなさそうな店の二人を並ばせ、忠介はまなじりを吊り上げた。

「…………」

二人とも黙ってうつむき、返事をしない。

「何をやってたかって、訊いてるんだぜ。返事ぐらいしやがれ」

声を荒げて、忠介が問い詰める。おのずと口調は伝法《でんぽう》なものとなる。

それでも返事はない。ごろつき二人は、我関《われかん》せずとばかり天井《てんじょう》に顔を向けて、素知らぬ顔をしている。

忠介は腰を下ろし、落ちている賽子を拾った。

「こんなもんで、遊んでいやがったな」

掌《てのひら》に賽子を載せて、忠介が眼前につき出す。

「うるせえおやじだな」

横から口を出したのは、それまで黙っていた、ごろつきの一人であった。

「おめえらには関わりがねえ。とっとと帰《けえ》りやがれ」

忠介の相手は、ごろつきたちとなった。二人がいきなり匕首《あいくち》を抜いたからだ。

「そんなもんを抜きやがって。どうしょうもねえ奴らだな」

素手で立ち向かおうと、忠介は相手の正面を向いた。するといきなり、匕首を振り下ろし一人が斬り込んできた。

「おっと……」

忠介が切っ先三寸で躱《かわ》すと、勢い余った相手はたたらを踏むようにつんのめった。すかさず忠介は、つき出た相手の横面《よこつら》に肘鉄《ひじてつ》を食らわせた。土間に男が這いつくばる。その口元から、おびただしい血が垂れている。土間に滲み込む血の中に、抜けた前歯が一本転がっていた。

「血の気が多い奴らだな。もう一人のほうも、かかってくるか？」

忠介は腰をいく分落とすと半身《はんみ》になり、正拳《せいけん》を突き出す構えを取った。忠介は、素手で相手と対峙《たいじ》する武芸『正道拳弛念流《せいどうけんしねんりゅう》』の使い手である。流派の師範代にも匹敵する腕のもち主であった。

「早いとこ、かかってきな」

体を軽く前後に動かしながら、相手を挑発する。残った一人は恐れをなしたか、匕首を構えながらもあとずさりしている。やがて戸口を背にすると、うしろ手で遣戸を開け一目散《いちもくさん》に飛び出していった。

土間に這いつくばっていた男も、よろめきながらも立ち上がると、仲間のあとを追うように店から出ていった。

開いた遣戸を閉め、忠介は改めて店の者たちと向かい合う。

「あいつらと、博奕をやってたのか？」

「申しわけございません」

小刻みに体を振るわせながら、二人はそろって詫びを言った。

ここで四の五の言っても仕方ない。二度と店では博奕をしないと約束をさせ、忠介は店をあとにした。

既存の店の売り上げが減ってきていると、先だって千九郎から書簡が届いていた。千住の店に、その理由《わけ》を垣間《かいま》見た思いの忠介であった。

ほつれた個所は、早く繕《つくろ》わないと大きく広がる。

「……こういう店が、どれほどあることやら」

一度はうんざりとしたものの、もしもこの店に遭遇していなかったら、ずっと見過ごしていたかもしれない。それだけに、天からの警告だと忠介は前向きに取った。

北本所《きたほんじょ》の業平橋《なりひらばし》近くにある鳥山藩下屋敷に、忠介が着いたのは翌日四ツを報せる鐘の音を聞いて間もなくのことであった。

深く被《かぶ》った網代笠《あじろがさ》の前をもち上げ、門番に顔を晒《さら》す。

「おれだ……」

「こっ、これは……」

門番は驚き、すぐに脇門を開けた。顔だけで、藩主と分かる門番であった。

商人姿の男が、ずけずけと敷石を踏んで玄関へと向かう。

「おい、どこに行く？　もしや、泥棒……」

呼び止めたのは、忠介を不審者と見た家臣の一人であった。

「おめえは板野定八《いたのさだはち》じゃねえか」

忠介の、よく知る家臣であった。

新規事業を立ち上げた際に選ばれし、板野定八は閑職十人衆の一人である。来客の草履《ぞうり》がなくならないか、見張っているだけが役目の家臣であった。

網代笠を被っているので、正体がつかめない。

「怪しい奴、何者ぞ？」

「おれだよ」

晒す忠介の顔は、笑みが含まれていた。

「これは、殿……」

「いいから、そんな固い石の上なんかに座るんじゃねえ」

敷石に土下座しようとするのを、忠介は止めた。

「千九郎はいるか？」

「はっ、今しがた会ってきたところです。大番頭さんは、御用部屋に……」

家柄も齢《とし》も上である板野が、今では千九郎の配下にあった。とろろごぜんの一品である鶏卵の、それを産む鶏飼育係が、板野の今の役目である。

「あれ、おめえの持ち場は押上村《おしあげ》じゃなかったか。それが、今ごろなんでここにいるんだ？」

鶏の飼育小屋は、業平橋で横川《よこかわ》を渡った押上村にあった。普段、板野はそこにつききりであるはずだ。そんな不穏な思いが、ふと忠介の脳裏をよぎった。

「それが……」

板野の顔色が蒼白である。それだけで、変事があったことが知れる。

「いったい何があった?」

「にっ、にっ……」

忠介が大声で問い詰めるものだから、板野は緊張と恐れで口が回らない。

「おめえも、一緒に来な」

三

忠介を目の前にして、千九郎が目を丸くしている。

「いってえ何があった?」

千九郎に、忠介はつっ立ちながらいきなり問うた。

「板野さんからお聞きで……?」

「大変なことがあったみてえだが、さっぱり要領を得ねえ。千九郎の口から直《じか》に聞こうとな……」

「左様でしたか。まずは、お座りになられたらいかがですか」

板野とはうって変わった千九郎の落ち着き方に、忠介の焦りはいく分和らぐものとなった。

忠介と向かい合って、千九郎と板野が並んで座った。

「話を聞こうじゃねえか」

「五日ほど前に、鶏が数羽死にまして……」

経緯が千九郎の口から語られる。

「そりゃ、年老いた鶏からどんどん死んじまうだろうよ」

たいした話ではないと高《たか》を括《くく》った忠介だが、次の千九郎の言葉で愕然とする。

「疫病に罹《かか》ったと思っていたのですが、今朝になっていきなり百羽ほどがいっぺんに……」

「なんだとお！」

立ち上がらんばかりに忠介は驚いたものの、ここは落ち着きが肝要と体を元へと戻した。

「死んだってのか？」

千九郎の話を待っていられないとばかり、忠介は口を挟んだ。

「同じ鶏舎の鶏は全滅でして……」

苦渋の思いを心に押し込め、千九郎はいたって冷静な口調で説く。

だだっ広い押上村に、産卵用の鶏を殖《ふ》やしに殖やし、今では養鶏場が五か所ほど建てられていた。庄屋の八郎衛門《はちろうえもん》のうしろ盾や農民たちの手を借りて、五千羽ほどが飼育されている。この国では有数の、鶏卵用の大養鶏場であった。

一養鶏場におよそ千羽ずつ分けられ、それぞれ鶏舎をさらに十に分けて鶏卵の生産を行っていた。

いっとき卵泥棒が入り、ごっそりと盗まれたことがある。その教訓もあって、今はそれぞれの鶏舎の周りを高さ十尺の板塀で囲ってある。並の梯子《はしご》ではとうてい越せない防御であった。

鶏の飼育には造詣《ぞうけい》のある学者山崎安仁《やまざきあんじん》の教えを受けている。その助言により、一羽が二日に一個卵を産む鶏に品種が改良されていた。

鶏舎の一つに飼われていた、鶏百羽がいちどきに死んだ。

鶏学者の山崎安仁は、それを毒殺と診立てた。もしも疫病であるならば、他の鶏舎の鶏にもなんらかの影響があるはずだとの見解であった。現に、今のところ他の鶏にはなんらの変化も見当たらない。

「そんなわけで、誰かがその鶏舎の餌に毒を仕掛けたものと思われます」

千九郎が要領よく話をまとめ、忠介に説いた。

「毒を……いったい誰が？　あの塀じゃ、とても外から入れると思えねえが」

かといって、内部の者とは思いたくない。

「下手人《げしゅにん》は分かりません。それよりも、大変なことが……」

板野の話が別のほうに向く。

「大変なこと……？」

忠介の問いに、話は千九郎に引き継がれた。

「安仁先生の話では、死に至るまで五日の潜伏がある毒素だとのことです。すぐに死んだ鶏は、体が弱っていたからだと。それはともかく、手前がまずいと案じましたのは、その間にも毒を盛られた鶏が卵を産んだことです」

その卵は、少なくても二百個近くは江戸市中に出回っている。しかし、どこの店に出荷されたかはまったく分からない。

「もし、それを人が食したとしたら体にどんな影響が出るか分かりません。出ないかもしれませんが、万が一ということも考えられます。そこで……」

千九郎の話を、今度は板野が引き継ぐ。

「念のため、今朝から秋山《あきやま》たちに手分けをして卵を売らないよう、触れて回らせております。まずは、そちらが先決と……」

客の体を気遣うのと、用心のための対処であった。

「板野さんの、よい対処だと思われます」

千九郎が、板野の顔を立てた。

「よし、いいだろう。よくやったな、板野」

忠介に褒められ、板野の顔にふと笑みが漏れたのを千九郎がとらえた。

「さすが、板野さんです」

千九郎がさらに誉めそやすと、板野の顔が真顔に戻った。身分は本来板野のほうが上である。板野の気持ちが分かる気がして、千九郎は自分自身を戒《いまし》めた。


鶏が一日で産む卵の数は、二千五百個ほどだ。それを二百近くの店で分けると、一日十個から二十個ほどの配給である。

開店当初は客寄せのため、利益度外視で安価で売っていたがこのごろは違う。卵だけで三十文の高値を取るようになっていた。とろろごぜんは、卵つきだと七十文でおよそ倍の価格となる。それでも卵つきを求める客がいる。一日の売りとしてちょうどよい分量であった。だから、ほとんど売れ残りはなく、毎日新鮮な卵が売られていた。

しかし、ことあらば事故は未然に防がなくてはならない。絶対に食の安全は保たなくてはならないのだ。

食い物商売の、一番の難点がここにあった。

「……これが虫の知らせってことか」

忠介の口から呟きが漏れた。

「今のところ何も客からの苦情は来ていません。あと、二日ばかり様子を見ようかと。何もなければ、再び卵の出荷をはじめます」

「それでいいだろう」

千九郎が出した処置は間違っていないと、忠介はうなずいて見せた。

「まだ起きてねえことに、くよくよしてたって仕方ねえよな」

鶏を殺《あや》めた毒が、まだ客の体に不具合をもたらすといった報せまでは来ていない。それでも、卵の供給を止めたというのは、今の段階では最善の処置であった。

「ところで、鶏に毒を盛った下手人に心覚えはねえのか？」

「さあ、今のところはさっぱり……」

「今、自分が探っているところです」

千九郎の言葉に、板野が口を挟んだ。

「そうか。だったら、急ぎ押上村に戻って下手人を捜せ。それと、今後同じようなことが起きてはならねえ。警護を万全にさせろ」

忠介は、かしこまる板野に向けて命令を発した。

「はっ、かしこまりました」

藩主直々《じきじき》の命《めい》を受け、板野は押上村へと戻っていった。

四

御用部屋の中ほどで、忠介と千九郎が向かい合う。

「殿に来ていただいてよかったです」

心底ほっとする、千九郎の表情であった。

「おれの代わりとして千九郎を江戸に置いとくんだぜ。このぐれえのことで泡を食らってどうするい」

忠介なりの、千九郎への励ましであった。

「鶏のことは、しばらく様子を見てようじゃねえか」

「今のところは、気をつけている以外にないですから……」

鶏毒殺の件はひとまず置かれ、話は別のこととなった。

千九郎が、思い出したように問う。

「殿は、なぜに江戸に……？」

「千九郎に、話があったからよ。それと、何かいやな予感がしてな一昨日《おととい》国元を抜け出した」

「それで、商人の姿で忍び旅を……。いやな予感とは、今の話のことでありましょうか？」

「それもあるが、もう一つここに来る前にいやなことがあった」

「どのようなことで……？」

気になるか、千九郎の膝が一つつき出た。

「とろろごぜんの売り上げは、順調なんか？」

忠介のいきなりの問いに、千九郎の顔はうつむき加減となった。その様子でも、あまり芳《かんば》しくないことが知れる。

「そうか……」

「新規に店を出すのが、頭打ちになってきまして……」

「そいつは分かっている。江戸と国元では、もう目一杯だからな。これ以上出すと、店と店が食い合ってしまう。だが、売り上げの不振はそれだけじゃねえようだ。そこで、今の話なんだが……」

「いやなことがありましたとか……」

「ああ、そうだ。実は昨夜《ゆうべ》な……」

千住大橋南の店での経緯を、忠介は言葉早に語った。

「そこを仕切るのは、千成屋《せんなりや》さんでしたね」

「今朝《けさ》方、主の善兵衛《ぜんべえ》さんとも会ってきた」

「細かいところまで、目が届かないのでしょうか？」

「人手が不足してるって言うしな。そこの店は、臨時雇いに任せてたってことだ」

「それじゃ、いい加減にもなりますでしょう」

「そんな店が、いくつもあるんじゃねえかと思ってな。それで、千九郎に訊きてえのだが……」

「これまで、そのような店があるとは聞いたことがありません。ですが、一つあるということは、十あると思って間違いないでしょう。既存の店の売り上げが減ってきたのは、殿がおっしゃられますように、それも原因かと感じました」

千九郎の答に、忠介は小さくうなずく仕草をした。

「抜き打ちで、そんな店があるかどうかを調べてみねえといけねえな」

「手分けをして店廻りをしてるのですが、なかなかそんな店にはお目にかかれません」

「まともに商人の格好で行くからだ。客の振りをして、応対の様子を探るとかすればすぐに露見するぜ」

「なるほど、そうでございました」

千九郎の素直な相槌に、忠介は気をよくした。それが、言葉となって現れる。

「だったら、これから職人の姿になって一緒に、数軒回ろうじゃねえか。ほかにも話があるが、帰ってきてからにしよう。まずは、調べが先だ」

思い立ったら動くのが早い。

「かしこまりました」

それからというもの、忠介と千九郎の姿はたちまち植木職人へと変わった。

このようなときの変装用にと、着るものから道具まで一切合財《いっさいがっさい》すでに用意がされている。ときとして、食い詰め浪人にもなれば畑を耕す百姓にもなりうる、用意周到さであった。

植木鋏などの道具が入った袋を肩から担ぎ、二人が江戸藩邸の裏口から出たのは正午《ひる》の四半刻《しはんとき》ほど前であった。

遠くのほうほど目が届かない。それと、浅草《あさくさ》界隈は知り合いが多い。

「なるべく遠くに行ってみようぜ」

町人髷に紺木綿《こんもめん》の腹掛けに股引《ももひき》を着込み、襟に『植辰《うえたつ》』と書かれた腰切半纏《こしきりばんてん》を羽織っている姿は、とても殿様とその家臣には見えない。ちょっと変装に気がかりがあるとすれば、身につけるものがみな新品ということだ。それと、職人にしては忠介の顔が上品だし、千九郎の顔が白っぽい。

正午を報せる鐘が鳴りはじめたとき、二人の姿は日本橋小伝馬町《にほんばしこでんまちょう》にあった。とくにそこを目指して来たわけではない。

「あそこが伝馬町《てんまちょう》の囚獄だぜ」

高い塀が張り巡らされた、一角である。その塀の回りを半周したところに、とろろごぜんの伝馬町の店があった。

正午も過ぎたところで、店の中は混みあっている。

ここの店にはまだ通達が届いていないようだ。とろろごぜんに卵をつけた客が、数人見られた。

「ちょっとばかり贅沢《ぜいたく》だけど、こいつをかけるとうめえんだぜ」

大工職人らしき男が、向かい合って座る男に声をかけた。

「ああ、たまには卵をかけて食いてえと思っていたところだ」

相手の返事に、高価な卵までは手を出せない客たちが羨望の眼で見やっている。

誰しもが手の届くほどの値に早くしたいと、千九郎はこのときほど思ったことはなかった。

職人たちが、とろろごはんに卵と山葵醤油《わさびじょうゆ》をかけて食しだす。ツルツルと飲み込む喉が、うまそうに震えている。

ここでは「食うな」とは言えない。仕方なしと、やり過ごすことにした。

「いらっしゃいませ。お二人さんですか？」

十八歳ほどの娘が、忠介の前に立って応対する。

ほとんど満席であった。

「少しばかり、お待ちになっていただければ……」

その応対に、なんらの問題も見当たらない。

店を回って、いちいちとろろごぜんを食していたら、腹がいくつあっても足りない。

混んでることは都合がよいとばかり、その店をあとにすることにした。

「悪いな、また来らあ」

「申しわけございません」

娘の詫びを背中で聞いて、忠介と千九郎が店を出ようとしたところであった。そこに、すれ違うように商人の形《なり》をした男が、息急切《いきせきき》って入ってきた。慌てているのか、忠介と千九郎の顔を見ようとはしない。

「あれは……」

千九郎は見紛うものか、配下の秋山小次郎《こじろう》であった。変装している二人に気づかず、秋山は店の中へと入っていった。

「秋山さん……」

千九郎が声をかけたが、耳に届かない。それほど切羽詰《せっぱつま》った様子であった。


いやな不安が、千九郎の脳裏をよぎる。

「千九郎、引っ張って来い」

忠介の思いも同じであった。

「秋山……」

千九郎の声は、秋山自身の声にかき消された。

「卵は食べないでください！」

「なんだと？」

秋山は直《じか》に、卵を食す客に向けて声をかけたのであった。その大声は、店中に轟《とどろ》く。

「その卵は……」

みなまで言わさず、千九郎は秋山の腕を思い切り引っ張った。

「何をするんで？」

ようやく秋山の顔が千九郎に向いた。

「あっ！」

秋山の、驚愕した顔に向けて千九郎が小声で言う。

「店から出ろ」

秋山が外に出ると、そこには忠介が立っている。

「これは、殿……」

「声がでけえぞ。おれたちの形《なり》を見て、ものを言え」

まずは、秋山の口を忠介は止めた。

「おめえはここで待っていろ」

忠介は秋山を外で待たせ、店の中へと入った。店は騒然としている。

「卵を食っちゃいけねえって、どういうことだい？」

「毒でも入ってるってのか？」

「今の男は、どこに行った？」

大工職人たちがつぎつぎ娘に問いかける。端《はな》から事情を知らぬ娘が、応対に苦慮して立ち尽くした。

「どうかしたのか？」

事情を知らぬ板前が、厨《くりや》の中から顔を出した。

「今、男が来て卵を食うなって言ったんだ。どういうことだ、いったい？」

「ええ、そんなことを？」

板前たちにとっても初耳である。

ほぼ満席の、客たちの箸《はし》が止まっている。卵をつけない客たちも、不安そうな顔をしてやり取りを見合っていた。

とりあえずこの場を治めなくては、大変なことになる。鶏の不審死を解明する前に、このような噂はまたたく間に広がりを見せるだろう。そうなるとところごぜんの店は、風評によって多大の損害、いやそれどころか事業の存続すら危ぶまれることになる。

千九郎の顔面は、蒼白となった。

五

相席であるが、二つ空いている。

忠介と千九郎は、その席に無理やり座った。客たちの騒ぎを鎮《しず》めるように、娘に注文を出す。

「とろろごぜんに、卵をつけてくれ」

「お客様、卵は……」

「ああ、食うなって誰かが来て言ってたことだろ。だったら、なんてことはねえよ」

客たちの顔が、一斉に忠介に向いている。その視線を感じながら、忠介は考えていた。どういう言い訳をするかまでは、まだ頭の中に浮かんではいない。

ここで、気の利いた方便《ほうべん》を言わなくては風評が広がる。忠介の頭の中は、目まぐるしく回った。

「どうして、そんなことが言える？」

客からの問いがあった。

「いいから、とろろごぜんを作ってくれ。卵をつけてな」

つっ立つ板前に声をかけると「かしこまりました」と言って、厨の中に戻っていった。

——板前の応対はよい。

そんな思いが忠介を冷静にさせた。答に間を取るその落ち着きに、客たちの浮いていた腰が元へと戻る。

「食いもの屋のやっかみじゃねえのか。なあ、千太《せんた》」

店内にいる客の、すべての耳に届くように忠介は言った。千九郎という名はおよそ職人らしくない。少しだけ、名を変えた。

「そう思いますねえ、親方。こんなに混んでるんじゃ、ほかの店に客が流れねえのは目に見えてますぜ。そんなんで、やっかみが……」

慣れない言葉で、千九郎が返した。

咄嗟《とっさ》にしても、あまりよい方便ではないと忠介は思った。近在の店に、すまないと心の奥で詫びた。

そのうちに、卵つきのとろろごぜんが配膳された。

何ごともなかったように平然とたいらげる。二人の食いっぷりのよさに、他の客もつられたか、一斉にとろろごぜんに箸を戻した。

この場はなんとか繕うことができた。しかし、秋山たちはこの店同様に他所でも大声を振りまいたに違いない。

千九郎はふと不安を感じていた。その予感が的中するのに、さほどときがかからない。

千九郎は悔やんでいた。

店に通達を出すにあたり、配慮が足りなかったと。

小伝馬町の店を出たあと、四店ほど回り忠介と千九郎は下屋敷へと戻った。

回った内の一店だけ、とりわけ愛想の悪い店があった。しかし、それを咎めるどころではない問題が生じようとしている。

「申しわけありません、殿……」

御用部屋に座る早々、千九郎は畳に額《ひたい》をつけて詫びた。

小伝馬町の店での秋山の対応が、忠介と千九郎の気持ちを重くさせていた。

回る店ごと店の奉公人に向けてではなく、客に対して注意を促していたと秋山は言っていた。しかも、毒が入っているかもしれないと真っ正直に。

もう少し自分なりに気配りをして欲しいと思ったが、すでに匙《さじ》は投げられてしまっている。

「やっちまったことは仕方ねえ。だが、これからどう転ぶか分からねえな」

いかに寛容な忠介でも、困惑は隠しきれない。

「困ったものです」

千九郎の、やりきれない思いが口に出た。

「……何ごともなければいいんだが」

ふーっと一つ大きなため息を吐いて、忠介の呟きであった。

忠介と千九郎の懸念は、思った以上に大きな反響となって現れた。

翌日、辻に立った読売屋がこのことを大々的に取り上げていた。それと同時に、口から口への風評も、瞬《またた》く間に江戸中に広がりを見せた。

当然、既存の店の客足が落ちる。

ここにきてとろろごぜんの信用は急速に失墜したのであった。

一度世の中に蔓延した噂の火は燃え尽きるまでかなりのときを要す。それまでとろろごぜんがもち堪《こた》えられればよいが、たいていは耐えきれずに沈み行くのが世の習わしである。

しかし、忠介は手を拱《こまね》いて見ていたわけではない。悪い風評を鎮めようと、それなりの手を打つ。

「わが藩が潰れるか否かなるぞ。みんな、力を貸してくれ!」

鳥山藩は一丸《いちがん》になろうと上屋敷からも家臣や腰元たちを呼んで、号令を放つとみなは躍起となった。

「おれはお忍びだ。誰にもここにいるとは、絶対口にするなよ。ああ、家老の天野《あまの》にもだ」

忠介が江戸にいることが露見したらまずいと、家臣たちに釘をさした。

失った信用を取り戻すには、数倍の努力を要する。

家臣は商人、腰元は町屋娘に身形《みなり》を変えさせた。

まずは、読売屋が刷った枚数より遥かに多く、謝罪と来店を乞う文章が綴られた紙面を人々に配ることにした。

できるだけ多くの家臣に半纏を着させて、江戸中の辻に立たせた。

「どうぞこれを読んでください……」

変装をして、忠介も率先して辻に立っている。

目の前を、大名の乗り物が通る。それには小久保忠介をよく知る大名が乗っていた。

どしない。

「あっ、あれは鳥山藩の小久保殿。今は、国元にいるのではなかったのか？」

無双窓《むそうまど》から外を眺め、大名が忠介の姿を認めた。むろん、忠介に声をかけることなどしない。

「……姿まで変えおって、まったくよくやる」

大名の呟きは、感心したものか、はたまた揶揄《やゆ》したものか。どちらにでも受け取れるが、真意のほどは本人しか分からない。

黒塗りの乗り物は止まることなく、忠介の前を通り過ぎていった。

一方では、町娘に扮装させた若い腰元たちを、それぞれの店先に立たせた。

「卵は安全です。どうぞ、とろろごぜんをお楽しみくださーい」

紙片を配りながら、黄色い声で道行く人たちを呼び止める。

「あんな様子がいい娘たちが言ってるんだから、もう間違えねえだろ。ちょっと、食っていくか」

「ああ、そうするかい」

職人が二人、店の中へと入っていった。

そんな努力の甲斐があってか、数日にして客足の途絶えは底を打った。徐々に、売り上げが回復してきているのが分かる。

　忠介が江戸に出てきてから、十日後のことであった。

　下屋敷の御用部屋で、忠介と千九郎が向かい合っている。

「どうやら峠は越したようです」

　千九郎の報告に、忠介はほっと安堵の息を吐いた。

「早く手を打ったのがよかったな。一度失った信用を取り戻すってのは、容易じゃねえってことだ」

「店の元締めさんたちも、ほっとしているところです」

「いっときは、元締めたちもカンカンに怒ってたからな」

「宥《なだ》めるのに、一苦労でした」

　千九郎は、とろろごぜんに出資して店を出す元締めのところを回り、謝罪行脚《あんぎゃ》に明け暮れていた。怒りが相当に発していたところでは、冷水を浴《あ》びせられたこともある。怒りはもっともだと、千九郎はそんな仕打ちに堪えていた。

「あれほど怒っていた元締めさんも、ようやく穏やかになられて……」

「そいつは、よかったじゃねえか」

　しかし、忠介と千九郎がほっとしている暇はなかった。

このあと、鳥山藩の屋台骨すら揺すぶる出来事が起きようとしているのを、忠介と千九郎はまだ知らずにいた。

二人が震撼するのに、さほどときは要しない。

六

忠介が江戸に出てきたもう一つの理由《わけ》を、まだ千九郎に話してはいない。

江戸に着いてからというもの、それどころではなかった。

一息ついたところで、忠介は千九郎に相談をかけることにした。

「ところでな、千九郎……」

急に言葉が改まった忠介に、千九郎は居住まいを正した。

「とろろごぜんとは、別の話でしょうか？」

「ああ、そうだ。というのはな……」

忠介の口から鬼怒川、那珂川の河川補強事業のことが語られる。

土手を磐石《ばんじゃく》にするには、あと一万両が必要だと忠介は話につけ加えた。

「この一万両を、なんとかしねえといけねえ」

　ふーむと、鼻から息を大きく吐いて忠介は言った。

「とろろごぜんだけですと、難しいですねえ」

「頭打ちになっているどころか、今回の有り様だ。もうそれだけでは、大きな儲けは見込めねえ。藩の家臣、領民が食っていける分はあるだろうが、それだって前みてえにでかい洪水にでも遭ったら元の木阿弥《もくあみ》だ。その用心だけは怠ってはいけねえ」

「砂の上に建てた、お城みたいなものですからねえ」

「そういうこった。食いもの商売のほかに、何か磐石の手を打たなくてはならねえんだが……」

「それを見つけようと、江戸までお忍びで来られたのですか？」

「千九郎の知恵を借りようと思ってな……」

「……左様でしたか」

　千九郎は腕を組んで考えはじめた。常々何かないかと模索はしている。

「小商いならいくらでも浮かぶのですが、一挙に一万両の儲けを出すとなると……」

　そんな簡単によい知恵など浮かびはしない。

「悪いことでもしない限りは……」

「他人様《ひとさま》の迷惑になることは駄目だぞ」

「心得ていますが……」

この世智辛《せちがら》い世の中、真っ向勝負に出てそれだけの財を一気に捻り出すなんてことは不可能に近い。もしそれをやろうとするなら藩の領地を賭けての大勝負か、他人《ひと》を騙して金を奪うよりない。いずれにしても、無理が先に立つ。

「ところで、殿は江戸にはいつまでおられますでしょうか？」

「もう、十日もいるからな。そろそろ雨季に入るし……」

国元のことも気にかかる。

「いられても、あと十日だな」

「あと十日ですか……」

それまでに、新しい事業を考えなくてはならない。無理とは思えど藩主忠介の一途《いちず》さを見ると、首を横に振れない千九郎であった。

「殿、それまで知恵を絞りましょうぞ」

「よく言ってくれた、千九郎。おめえだけが頼りだからな」

思い返せば大なり小なり、秋山みたいな家臣ばかりである。

江戸の、太平の世に育ったせいかどこか気持ちがのほほんとしている。発せられた命令には素直で従順なのだが、肝心なところで気の利かせ方が分からぬ奴らばかりだと、このたびの秋山たちの失態が忠介の脳裏をよぎった。

「ほかの者には、相談できんのよ」

心底憂える気持ちが、忠介の言葉になって出た。

ときたま忠介は、千九郎の前で弱みを見せる表情をする。ほかの家臣の前では頑固で厳格で、とことん自分の信念を貫くのだが。そんな忠介に、千九郎はつくづくと感じることがある。

自分はそれほど頼られているのだと――。

千九郎が膝の上に拳を置いて言う。

「殿、必ず妙案を考え出します」

決意が千九郎の口から語られた。

「そうか、頼むぞ」

誰に教わるともなく、忠介は『人を動かす』処世術にも長《た》けていたのである。自分ではそれに気づかず、大きくうなずき返した。

千九郎任せにせず、忠介は自らも難題に取り組むことにした。

十日内に、新規事業を考案しなくてはならない。よしんばこれぞと良案が浮かんだとしても、それを立ち上げ実行に移すにはどれほどのときと、予算が必要なのか分からない。

いずれは国元を流れる大河は決壊する。それがいつであるかは、誰も予想がつかないことだ。新規事業の立ち上げは、それとの競争でもあった。

今鳥山藩には、土手の修復費用として五千両の蓄えがある。これは手つかずにとってある。その上での、一万両の不足であった。

部屋に一人残り考えるも、頭がまとまらない。

「……久しぶりに、町にでも出るか」

藩主となってから、忠介の一人での外出はほとんどない。

まだ若殿であったときのように、形《なり》を遊び人風に変えると吾妻橋《あづまばし》を渡り、忠介はその足を浅草へと向けた。

一軒の、居酒屋の前で忠介は立ち止まった。

浅草広小路の繁華街から離れたところにその店はあった。

およそ二年半ぶりである。以前は行きつけでよく通った店であった。その店先に立つと、懐かしさに一呼吸おいた。

若殿であったときの忠介にとって、ものを考えるに一番よい店で、一番落ち着く場所であった。

　その店には卓もなければ、座敷もない。板場とを仕切る、横に這わせた一枚板のつけ台が止まり木であった。樽椅子が五個、横に並べられて置いてある。五人しか客の入れぬ狭い店であった。

　先客が一人、戸口近くに座っている。

　――ひとつ席をずれると、景色が変わっていけない。

　ほかに客がなければ、忠介は一番奥の樽に座るのが常であった。

「親爺さん、久しぶりで……」

　主ともしばらくぶりの対面である。

「ああ、そうだな」

　対面に立つ、主の口数が少ない。というよりも、余計なことを言わないのが、忠介が気に入るところでもあった。主は、馴染みであった忠介の素性を知らなそうだ。訊こうともしなかったのだろう。

　二合の徳利に冷酒を入れ、酒のあては忠介が大好物の金平牛蒡《きんぴらごぼう》である。

「……一万両、いちまんりょう」

　忠介の口から、呟きが漏れている。

茶碗酒でグイとひと呑みして、忠介の顔は五十歳を前にする主に向いた。先客は、寂しそうに手酌で酒を呑んでいる。

「万次郎《まんじろう》さん……」

居酒屋の主の名は、万次郎と言った。忠介の呼びかけに、大根の皮を削《そ》いでいた万次郎の顔が向いた。

「なんでやす……？」

「そういえば、親爺《あやじ》さんの名は万がつくね」

万の字が頭の中から離れない。忠介は戯言《ざれごと》のつもりであった。言っている意味が分からないと、万次郎は訝《いぶか》しげな顔となった。

「すぐさま一万両儲けるとなると、どんなやり方があるかな？」

千九郎以外に、他人《ひと》に頼る忠介ではないが、それほど心の中に重くのしかかっているということだ。

「そんなのがすぐに分かったら、こんなところでちっぽけな店なんぞ出してねえですぜ」

表情も変えずに、万次郎が返した。もとより、万次郎からの答などあてにはしていない。

「それもそうだな」

　得心をして、忠介は空になった茶碗に酒を注いだ。

　一番落ち着いて考えることができる場所であっても、難題は難題である。

　答を見い出せぬまま、忠介の酒が進む。

　それから間もなく、ほろ酔い機嫌となった先客が勘定をして店から出ていく。それと入れ替わるように新たな客が入ってきた。二十歳くらいの若い大工職人であった。

　忠介とは一つ席を空けて、並びに座った。初めて見る客である。

「親爺さん、いつもの……」

　最近の馴染みのようである。

「はいよ」

　やがて酒と肴《さかな》が、つけ台の上におかれた。

「うちの親方が、この間から体を壊しちまってよ……」

　小鉢の肴を箸でつまみながら、目の前に立つ万次郎に職人が話しかけた。

　その甲高《かんだか》い声が、忠介の耳に否が応でも入ってくる。思考の邪魔だと、忠介は頭を休めることにした。

「そいつはいけねえな」

素っ気ない返事が、万次郎から返る。

忠介が意識して耳を傾けたのは、大工職人の次の言葉であった。

「親爺さんは、とろろごぜんて店を知ってるか？」

「ああ」

大根を千切りにしている万次郎の手が忙しい。返事はそれだけで、客の顔を見ようとはしない。話し相手が素っ気なく、言葉のやり場に困った職人が忠介のほうを向いた。

「お客さんは、知ってますかい？」

「何をだい？」

問いの意味を知っていながらも、忠介はわざと訊き返した。

「とろろごぜんていう店があるのを……」

「ああ、知ってるよ。あそこのとろろはうまいぜ」

忠介の姿は遊び人である。それらしい言葉で相対する。

職人の口からどんな話が出るのか、興味深い。

――おそらく耳触りのよいものではないだろう。

こういう席では、あまりよい話というのは聞かない。たいていは他人《ひと》を中傷するか、悪口に終始する。

むしろそれが、商売の肥やしにもなりえるのだとの思いで、忠介は次の言葉を酒を呑みながら待った。

「うまいっていうのかね、ああいう店が……」

思ったとおり、職人の吐き捨てるもの言いであった。

初対面の者を相手にしているには、ずいぶんと辛辣《しんらつ》な言葉である。ときとして、相手はそれと関わりのある者かもしれないのだ。そんなことを気にすることもなく、職人は忠介に話しかけた。

七

よほど憤懣《ふんまん》が溜まっているのか、言葉がきつい。

忠介は、素知らぬ風をして職人に顔を向け、話を聞く姿勢を取った。

「おれんところの親方が、とろろごぜんを食って体を壊しちまいやがった」

「えっ？」

単なる悪口ではない。それは、忠介に大きな衝撃を与えるものであった。しかし、かろうじて顔は平静を装う。

「どういうことだい、いったい？」

野次馬の興味本位といった口調で、話を聞きだす。

「あんたさんは、そこで売ってた卵に毒が入っていたってのを聞いたことがねえですか？」

「いっとき噂だったが、それは間違いだったと……」

「そいつは、向こうの言い分だ。親方の体が変になっちまったのは、その卵を食ったからにおそらく違いねえ」

話の中に『おそらく』と聞こえたが、職人の顔は真っ赤である。それが、怒りなのか酒の酔いなのかははっきりしないが、次の言葉に忠介は震撼《しんかん》する。

「ああいった店をのさばらせてはいけねえ。御番所《ごばんしょ》に訴えてやろうと思ってるんだが、あんたさんどう思う？」

町人は奉行所のことを、御番所と使う。

問われて忠介は、まずいと思った。奉行所への訴えだけは、阻止せねばならない。意見を求められ、職人の気勢を削《そ》ぐのに忠介は言葉を選んだ。

まずは気持ちを落ち着かせようと、忠介は徳利の口を職人に向けた。

「よけりゃ、一献……」

「すみませんね」

職人は、小さな猪口《ちょこ》を差し出す。

「そんなんじゃねえで……親爺さん、湯呑をこの人に」

湯呑み茶碗が渡される。忠介はそれに、なみなみと酒を注いだ。

「ありがとうございやす」

大工職人の顔が、ほころびを見せる。

「親方がとろろごぜんの卵を食って……そいつは大変だなあ」

「そうでやんしょ」

酒を奢《おご》られ、職人は忠介に胸襟《きょうきん》を開いたようだ。

「だが、それを御番所に訴えるなんてちょっと考えもんだな」

「どうしてです？」

「さっき、あんたの話の中で『――おそらく違いねえ』ってあっただろ。その、おそらくってのがどうも引っかかるな」

「引っかかるって……？」

「あんた、親方の体がおかしくなったのは卵のせいだって言ったな。何か証《あかし》でもあるのかい？」

「そいつは……」

忠介の問いに、職人が口ごもる。

「おれはとろろごぜんに肩もつわけじゃねえが、御番所はどうかと思うな。何も証がなくて訴えたら、かえってまずいことになるのはあんたのほうだぜ」

ここぞとばかり、忠介は口説《くど》きにかかった。

「なんでこっちがまずいんで？　悪いのはあっちのほうだぜ」

男の眉根が吊り上がる。口調に嫌悪の含みがあった。

「考えてもみねえね。もし、お取り調べで卵が潔白であったらどうする？　むしろあんたのほうがとろろごぜんから訴えられるのだぜ。商売の邪魔をしてくれたってな。そんな吹聴《ふいちょう》によって被る損害を、すべて負わなくてはならないのはあんたのほうになる」

忠介は、ズバリと相手に切り込んだ。

「あっしのほうがか……？」

「ああ、そうだ。おそらくっていうのは、そういう意味だってことよ。確たる証しもなくて訴えるなんて、間違ってもしねえほうがいいぜ」

忠介は、職人に駄目を押した。

「それもそうだ……」

職人は得心をしたものの、まだ気持ちが浮かないようだ。それが忠介を不安にさせた。

「あんた、このことを誰かに話さなかったか？」

見知らぬ忠介に話したくらいだ、すでにほかでも話はしたのだろう。懸念を口にする。

「昼間、めしを食っているとき仲間内に……」

――やはり。

若い職人の口から、新たな風評が広まっているかもしれない。

卵の毒が中《あた》ったという噂のほうが、遥かに強烈な印象を人々に与える。

「そいつは、まずいな」

心の内は煮えくり返るものがあるも、忠介は極力冷静を装い他人事《ひとごと》のような口調で返した。

「まずいてえと……？」

「その前に、あんたの名を聞きてえ。なんとかしてやりてえと思ってな」

「あっしの名は熊吉《くまきち》っていいやす」

職人がスラスラと答える。

「住んでるところは？」

「田原町《たわらまち》の蛇骨長屋《じやこつながや》でして」

浅草寺の西側に、おびただしい数の長屋の棟が、蛇のようにうねって建ち並んでいる。その様から蛇骨長屋と呼ばれる地域があった。その南側にある、棟割長屋に住むという。

「大工の親方ってのは？」

「材木町《ざいもくちよう》の、竹次郎《たけじろう》って棟梁でさあ」

話の出どころが、これで知れた。もし、噂が広まっていたらどう揉み消すかだ。そんな思いが、忠介の脳裏によぎった。

そこへ熊吉が話しかける。

「なんとかしてやりてえって、どういうことで？」

今さらになって、訊いてきた。名を訊き出すための方便で、忠介としてはその答を用意していない。

「それはだな……」

板場のほうから声がかかった。黙って話を聞いていたのか、主の万次郎が口にする。

「あんたさんのためを思ってのことだぜ。もし棟梁の噂が広まってみろ、その口の突端は熊吉さん、あんただぜ。親方の病と卵が関わりなけりゃ、とろろごぜん屋は、しゃかりきとなって噂の元凶を捜すだろうな」

無口と思っていた万次郎は、意外にも雄弁であった。青ざめる熊吉に向けてさらに言う。

「そうなったら大変だと、このお方はあんたのことを気遣ったんだぜ。名と住んでるところを知っておけば、いざというとき助けてくれるんじゃねえのか、このお方は。それよっか、ここで呑んでていいのかい。その前に仲間のところに行って、そのことは間違いだったたと言わなくても……」

忠介の言いたいことを、代わりに万次郎がすべて語った。

「おやっさん、勘定」

「おれが払っておくから。いいから行きな」

忠介の奢《おご》りと聞いて、熊吉は飛び出すように呑み屋をあとにした。

店の中には、忠介と主の万次郎だけとなった。

すると、万次郎の無愛想であった顔がにわかに崩れ、笑みさえも浮かぶ。

「これでよかったですかい……？」

「えっ？」

忠介の、驚く顔が向いた。

「親爺さんは、知ってたんかい？　おれがとろろごぜんに関わっているってことを……」

「あの口ぶりでは、熊吉以外は誰だって聞いてて分かりますぜ」

「おかげで、助かったぜ」

「いや、そいつはどうだか。ああいった悪い噂ってのは、たちどころに広まりますからね。熊吉の口を今さら押さえたところで、もう遅いかもしれませんぜ」

この噂が広まったら、今度こそ致命傷となるのは明らかだ。

一難去ってまた一難。

忠介に、またまた新たな難儀が降りかかった。

——さあ、どうする小久保忠介。

板場から見やる万次郎の目は、まさにそう忠介に問いかけているようであった。新規事業を考えるどころではない。とろろごぜんのことが再びぶり返し、忠介の頭の中は一杯となった。

「こういうときこそ、落ち着きってのが肝心じゃねえのかい」

「そうだった。まだ起きてもいねえことを、くよくよ考えていても仕方ねえってことだ」

他人に対し、いつも忠介が口にしていることである。しかし、起きうることへの対処だけはつけておかなくてはならない。

「……また、紙っぺらを配るのか」

恥の上塗りはしたくない。

「噂なんてのは、根元から断ち切りゃすぐに消えますぜ」

呟くような万次郎の小声が、忠介の耳に入った。

――この場合の根元ってのは、竹次郎っていう棟梁……。

暮《くれ》六ツには四半刻を残し、外はまだ明るい。

「親爺さん、勘定……」

何を思いついたか、忠介は立ち上がって万次郎に声をかけた。

「へい、毎度……百文いただきやすか」

「釣りはいらねえよ」

忠介は、百文の勘定を一朱で支払った。忠介が店から出ていこうとしたとき、二人連れの客が入れ替わるように入ってきた。

第二章　とろろごぜんの災難

一

　忠介の足は、浅草材木町にある材木問屋『大松屋《だいまつや》』に向いた。

　大工と材木問屋は切っても切れない縁である。体を壊した竹次郎と大松屋は商いでも関わりがあるだろうと、忠介は読んだ。それと、浅草一帯の『とろろごぜん』は、大松屋が元となって仕切っている。

　まずは大松屋の主松三衛門《まつざえもん》とその女房お美津《みつ》に、話を入れておかなくてはならない。

「ごめんくだせえよ」

　大松屋の店先で、忠介は手代らしき奉公人に声をかけた。

「どちらさまで？」

遊び人風の男を前にして、手代の首が傾《かし》いだ。

「松三衛門さんか、お美津さんはいるかい？」

「今、来客中でありまして……」

客はいつまでいるのかとは、いくら忠介でも訊けない。

「そうですかい、ならば出直して……」

来ようと言ったところで、奥のほうから足音が廊下を伝わって聞こえてきた。

「お客さまがお帰りだ……」

店先に出てきたのは三人。

その内二人は、松三衛門とお美津というのは忠介でも分かる。もう一人は五十をいくらか超えたあたりの、恰幅《かっぷく》のよい商人であった。

商談で来たにしては、松三衛門とお美津の顔色がいく分青い。二人とも眉間に皺《しわ》を寄せ、難しい表情で客と接している。

忠介は、店の端っこにいて、その応対を見やっていた。二人はまだ、忠介の存在には気づいていない。

「……まあそういうことで、早急に頼みますよ」

三和土《たたき》に下りた客が、式台に立つ松三衛門とお美津を見上げて言った。

「かしこまりました」

大松屋夫婦が、そろって頭を下げている。

――商いのことで、何か難儀が……。

忠介は思ったところで、ふと気づくことがあった。

材木のことなら、お美津が出てくることはなかろう。

――お美津さんがいるということは……。

大松屋のとろろごぜんの店は、実際はお美津が取り仕切っている。

「おそらくこれは……？」

大工の棟梁竹次郎の病と関わりがあると、忠介は踏んだ。しかし、相手の身形《みなり》は大工とはほど遠い。

鼻息荒くして、客は帰っていった。

手代が松三衛門に話しかけている。

「遊び人には関わりがない。帰ってもらえ」

不機嫌そうな、松三衛門の声が忠介の耳に入った。

「おれだよ……」

店の隅に立っていた忠介が、松三衛門に声をかけた。そして、隅の陰から姿を晒《さら》した。

「あっ、あなたは……」

驚く松三衛門とお美津の顔となった。

両者はむろん面識があるし、忠介の身分は千九郎から聞いている。

「ちょっと話がありましてな……」

「……殿さま」

声が漏れそうなお美津を、忠介は口に指をあてて制す。

「おい、すすぎを用意しなさい。粗相のないよう、このお方を客間にご案内するのですよ」

そばに立つ手代に命じると、松三衛門とお美津はもてなしの用意とばかり、母家の奥へと入っていった。

やがて忠介は、客の間へと案内される。

広い屋敷の中で、もっとも凝った造りの部屋だという。床柱には檜《ひのき》一等を使い、欄間《らんま》の飾りは、一流の職人に彫らせたと自慢する部屋であった。

床の間を背にして、忠介が座る。畳一畳の間を取り、松三衛門が向かい合った。

「お美津さんは……?」

どこに行ったと、忠介が問うた。

「ただ今、食事の仕度を……」

「今の手前はそんな身分じゃありませんから、構わないでくださいな」

もてなしは無用だと、忠介は手を振り首を振る。

「それよりか、お二人に話があってきました。ちょっと、急ぎでしてな」

形《なり》は遊び人だが、商人口調で忠介は通す。

「それでしたら、手前どもでもお話が」

「だったらなおさらです。早いところ……」

忠介が言ったところで、お美津が女中を従えて入ってきた。

二の膳付きで膝元に置かれる。

「何もございませんが……」

と言うわりには、大層なご馳走であった。別の盆には、酒の入った銚子が数本立っている。

「大事な話だから、酒はいりません。それに、呑んできたばかりだし。それよりも、話は急ぎますので。お美津さんもいてくれませんか」

二十近くも齢の離れた夫婦を、忠介は交互に見やって言った。

女中たちを下がらせ、客の間は三人だけとなった。

おそらく、双方話の中身は同じであろう。忠介は大松屋の話を先に聞くことにした。どれほどの話の流れになっているかを、まずは知りたかった。

「さっき来た、あのお客さんはどちらのお方で？」

忠介がまずは問うた。松三衛門の話というのは、あの客が関わっていると読んでいたからだ。

「それが、少々困ったことになりまして……」

「とろろごぜんのことで？」

「はい。先だっての噂はようやく鎮火して客足が戻ってきたのですが、その矢先であります……」

松三衛門の話を、お美津がときたまうなずきながら聞いている。

「あのお客さんは、大工たちを取り仕切る『大島組《おおしまぐみ》』の番頭でして……」

大工と聞いて忠介の肩がピクリと動いたが、黙って松三衛門の話の先を聞くことにした。

「大島組の下請《したう》けに竹次郎という大工の棟梁がいるのですが……」

その先を聞いても、話が長くなるだけだ。

「その棟梁が、とろろごぜんの卵を食って体をおかしくしたのですってな」

「お殿様はどうしてそれを？」

驚く顔で、お美津が問うた。

「ここでは、お殿様なんて言わねえでくださいな。身分はこれですからな」

言って忠介は、口の前に指を立てた。

「そうだ、これからは忠《ちゅう》さんとでも呼んでくれ」

商人言葉は使いづらいと、忠介はべらんめえ調に戻した。

「ちゅうさんですか？　なんですか、鼠《ねずみ》みたいですねえ」

「昔からそう呼ばれてるんで、かまわねえよ」

話が脇道に逸れている。忠介が元へと戻す。

「そんなことよりも、棟梁竹次郎の話だが」

「忠さんは、どうしてその話を……？」

知っているのかと、松三衛門が問うた。

「それは今しがた……」

忠介は、呑み屋であった話を細かに語った。

「噂を止めるよう仕向けたんだが、もう遅いかもしれねえ。そんなんで、まずはここに来たってわけだ。なんとかしようと思ってな」

「なるほど、左様でしたか……」

忠介の話を最後まで聞くと、松三衛門の鼻から大きな息が漏れた。

「そんな話だってのに、なんで大工の元締めである大島組ってのが口を出してきたんだい？」

忠介の問いに、気丈だと思われていた大松屋主夫婦がうな垂れる。

「大島組ってのは最近のさばってきた大工の元締めでして……」

今度は、松三衛門の口から経緯が語られる。そこからは、大島組というのは決して評判のよい元締めでないことが分かる。

「幕府の普請《ふしん》奉行と、どうやらねんごろになって……」

ねんごろとは、あまり聞き心地がよくない。よほど腹に据えかねるのか、松三衛門の口から辛《つら》みのこもる言葉が漏れた。

「江戸中の大工をどんどん傘下《さんか》に収め、普請工事をすべて牛耳《ぎゅうじ》ろうと。それならそれでいいんですが、大島組の目論見《もくろみ》ってのは安い手間賃で仕事をさせ、職人から儲けを吸い取ろうってことなんですな」

「その大島組の番頭が、なんでここに……」

「職人だけじゃなく、材木屋にも食指《しょくし》を動かしてきたのです」

「材木を、安く卸せってか？」

そのくらいは分かっているとばかりに、忠介は口を挟んだ。

「それもそうですが、これまでうちとは取引きがありませんで……」

「ならばなぜ？」

「材木問屋を牛耳れば、木材の供給は思いのままにと。そうなれば、材木の相場まで取り仕切ることができますからな」

「そこで、傘下に入れと無理を言ってきたのか？」

無体な話だと、忠介は憤《いきどお》る。

「それならそうと、直《じか》に言ってくれればよろしいのですが……」

ここで松三衛門の言葉が止まり、ひと呼吸の間《ま》ができた。

「どうしたと？」

忠介が、先を促す。ここが大事なところと取ったからだ。

「大島組ってのは真っ向から交渉に来るのではなく、他人《ひと》の粗《あら》を探してからそこを責めて来るのです。弱点を握れば、言うなりになるとばかりに」

「さっき来た番頭は、うちの弱みを握って……」

松三衛門の話に、内儀のお美津がつけ加える。

「竹次郎親方が腹を壊したのをいいことに、それをとろろごぜんのせいだと言ってきたのです。番頭は先ほど来てこう言いました。『手前どもの大事な大工の棟梁が、あんたのところの卵を食って毒に中《あた》った。大変なことになったな、いったいどうしてくれるんだ?』などと……」

「先だっての噂をもち返して、脅しにかけたってわけだな」

お美津の話はみなまで聞かなくても分かると、忠介は口を入れた。

「単なるいちゃもんでしたらよろしいのですが、相手が相手だけに始末が悪い。やくざの脅しなんて、まだかわいいものです」

大島組は棟梁竹次郎の体の変調を種《ねた》にして、大松屋を傘下に収めようとの企みであった。

「竹次郎って人は、本当に体をおかしくしたんかい?」

「さあ、それはまだ。今しがた聞いたばかりですから、寝耳に水でして……」

松三衛門とお美津の首が、そろって傾《かし》いだ。

「ならば、先にそいつを調べねえといけねえだろ。その竹次郎ってのを、お二人は知ってるのかい？」

「もちろん、近所ですから」

「ならば、さっそく行くか」

「何をしに？」

「竹次郎の容態を見に行くんだ。もっとも、もう手遅れかもしれんけどな」

「手遅れってのは、それほど重い病で……？」

　お美津が恐る恐る問うた。

「いや、病じゃねえ。すでに噂はばら撒かれたってことよ。となれば、世間の口がまたまた相手だってことだ。今度のは前と違って、さらに厳しい風評となるだろう。お互い、覚悟がいるぜ」

　その後二、三打ち合わせて竹次郎を見舞うことにした。

　ご馳走に舌鼓を打つどころではなくなった。忠介は一箸もつけず、三人は大松屋から大工竹次郎のもとへと向かった。

二

大松屋の主と内儀が、直々《じきじき》見舞いに来たといえばおかしいことはない。

「いかがですかな、具合は……?」

菓子折りを竹次郎の枕元に置いて、松三衛門が訊いた。

「あんたんところのとろろごぜんを食っちまったら、こうなった。まいったぜ、当分仕事に行けねえで」

竹次郎の口から、辛みが吐かれた。

「今そのことを聞いて、駆けつけてきたんだ。しかし、それはすまなかったと言いたいところだが、竹次郎さん。鶏の卵に毒なんて含まれてなかった。なあ、忠さん」

大松屋を出る際、打ち合わせてきたことを松三衛門は言った。脇に座る忠介に、相槌を求めた。

「そのお方は……?」

竹次郎が、顔を忠介に向けて問うた。忠介の形《なり》は、遊び人から商人へと変わっている。

「このお方はとろろごぜんの、総元締めだ」

松三衛門の紹介で、忠介は竹次郎に小さく会釈を向けた。

「お客さんの口に入ってしまったものは仕方ないとして、卵はすべて回収しみんなして食べましたが、誰もなんともありませんでした」

ここでは、べらんめえ調は禁句である。

「それと、お客さんでこれまで体に変調をきたしたとはまだ聞いてません。いや、竹次郎さんがおりましたな」

忠介の言うことは方便でもなんでもない。たしかにそうであったからだ。しかし、毒の影響が出るまでには潜伏期間というのがある。忠介が懸念するとしたら、そこだけである。だが、人によって症状が現れるのは差があるかもしれないが、すでに十日以上経った今では、ほとんどそれもないと思っている。

「体に変調をきたしてから、どれほど経ちますかな？」

「かれこれ、五日ほど……」

十日ほど前に食し、発病が五日前。ならばあり得ると、忠介は考える風となった。しかし、それならばおかしい。たとえ一人でも鶏の卵が原因で、症状が出ていたとしたら先の騒ぎは収まるどころか、さらに大きく燃え盛っているはずだ。

不思議なのは、呑み屋で出会った熊吉という職人である。ここで忠介は、熊吉の言った言葉を思い出す。

『――昼間、めしを食っているとき仲間内に……』

今さらになって、なぜ仲間内に話したのかという思いがあった。そこで忠介は、思い切って竹次郎に訊くことにした。

「竹次郎さんは、熊吉って職人を知ってますか？」

「どうして、熊吉を？　そいつなら、うちが抱える若い衆《し》だが……」

「その熊吉さんから、たまたま話を聞いて……」

「そいつは、おかしいな。奴には話してねえはずだが。これが噂にでもなったら、大松屋さんに迷惑がかかるだろうから、若い衆たちには黙っていたんだが……」

竹次郎が、大松屋を気遣っている。またまた不思議な思いに、忠介はとらわれるのであった。

「でしたら、大島組の番頭さんには……？」

問うたのは、松三衛門であった。

「いいや、あんな奴には口が裂けたって話しはしねえ。さっき見舞いだと言って来たけど、腰が痛えだけだと言って追い返した。卵のたの字だって、一言も言ってねえですぜ」

「なんですって?」

竹次郎の話に、三人それぞれ驚く表情を浮かべて互いの顔を見やった。

——大島組の番頭が、話を作って大松屋に乗り込んできた。いったいどういうことだい?

忠介が、小さく首を傾げた。

「どうかしたので?」

病床から竹次郎が、誰にともなく問うた。

「先ほど、大島組の番頭が、竹次郎さんの病《やまい》を種に脅しをかけてきたのです」

答えたのは松三衛門であった。

「大島組に、材木を卸《おろ》せとですか? 嫌だと言ったら、噂を振りまくとでも。あそこのやりそうなことだ」

あきれ返った様子の竹次郎に、嘘はなさそうだ。

結局竹次郎の病は、自分だけの思い過ごしであったのだが、それを誰にも話さなかったことに、忠介は感謝する心持ちであった。

しかし、別のところから新たな火種はすでに撒かれている。

忠介が下屋敷に戻ったのは、大江戸八百八町が寝静まる宵《よい》五ツを過ぎたあたりであった。

戻りが遅くなったのは、蛇骨長屋の熊吉のもとを訪れたからだ。しかし、あてどころを訪ねたものの、熊吉はどこかで呑んでいるのか留守であった。

下屋敷では、千九郎に一部屋を与えてある。

「千九郎、起きてるか？」

隙間から明かりが漏れているも、忠介は外から声をかけた。

「殿ですか？　どうぞ、お入りください」

文机《ふづくえ》の前に座り、書物を読んでいたらしい。

「すまないな、勉学の邪魔をして」

「何かいい知恵が湧かないかと、書物を繙《ひもと》いてました。ですが、なかなか……」

「そうやすやすと、よい案など浮かぶわけがねえ。そいつが簡単に生まれるようなら、商人は誰だって苦労なんかしてねえよ」

「それもそうです」

千九郎は得心をして、書物を閉じた。忠介を上座に座らせようと、千九郎は立ち上がる。

「そのままでいいから。ところで千九郎……」

千九郎は居住まいを正して、忠介の話を聞き入る姿勢を取った。

一つ小さくうなずき、忠介がおもむろに語りはじめる。

忠介は四半刻ほどをかけ、この数刻にあったことを語った。

話をすべて聞き終えた千九郎が、ふーむと鼻を鳴らして言う。

「困ったことになりました」

せっかく鎮火させたはずの火種が、またも燻《くすぶ》り出してきている。

「それはともかくとして、まったくもって変な話だと思わねえか千九郎は？」

「竹次郎って棟梁が、誰にも卵の話をしていないのに、なぜに熊吉と大島組の番頭が知っていたかってことでしょうか？」

「どこで話を聞きつけたかってことを、熊吉のところに行ってたしかめようとしたんだが、留守だった」

「それは、明日にでも手前が行って聞き込んできましょう」

「おれが行かなくていいのか？」

「自分に考えがあります。面識のできた殿は、かえって会わないほうがよろしいかと

「……」

「ならば、頼むぜ」

千九郎の考えも聞かずに忠介が任すのは、それだけ絶大な信頼を置いているということだ。

「はっ」

忠介の意を汲み取ると、千九郎は畳に手をつきかしこまった。そして、体を元に戻して言う。

「大島組の番頭は、棟梁の病を卵の毒に中《あた》ったと偽って、大松屋さんを……」

「どうかしたか？」

語りが途中で止まり、天井を見上げて考える千九郎に忠介が声をかけた。

「ちょっと待ってくださいよ……あっ、そうか」

何に気づいたか、千九郎の顔が忠介に向いた。

「話の中に、普請奉行がどうのこうのとありましたね」

「ああ、大島組とねんごろになってると松三衛門さんが言ってたな」

「普請奉行ってのは、老中支配下……」

「老中だと？　すると、水野《みずの》ってことか」

「それはなんとも。どなたの配下であるか、今のところは……」

水野家と小久保家の確執は、遠い昔は徳川三河《とくがわみかわ》以来のことであった。老中水野忠成《ただあきら》が、小久保家を追い落とそうといろいろ仕掛けてきている。そのことは、忠介も千九郎も先刻承知のことであった。

――まさか、そのことと関わりがあるのか。

奇《く》しくも、忠介と千九郎の思いは同じであった。

「もしそうだとすれば、かなりきな臭いと思われませんか？」

「少々突飛《とっぴ》だと思うが、それもありうるな」

「となりますと……」

千九郎の声音《こわね》が、ぐっと落ちる。

「何が言いてえ？」

考えていることはおおよそ分かる。それをたしかめようと、忠介は訊いた。

「鶏の餌に毒を仕掛けたのは……」

「滅多《めった》なことを言うな」

憶測でものを言うなと、忠介はたしなめる。だが、首は大きくうなずきを見せていた。

忠介は脳裏に、にわかに『陰謀』という二文字が蠢《うごめ》くのを感じた。

——小久保家を、追い落とすための水野の作為。

思い込みか現実か分からぬうちに、疑惑が二人の頭の中で広がる。

「千九郎、このことは誰にも言わず、なんとか二人して探ってみようじゃねえか」

「はっ」

千九郎のかしこまった返事があって、翌日の朝を迎えた。


一晩経って、事態は思った以上に深刻な展開を見せはじめていた。

それと知らずに、千九郎は動き出す。

職人は朝が早いだろうと、千九郎は夜の明ける前に浅草田原町の蛇骨長屋へと向かった。

吾妻橋を渡ったあたりで、明《あけ》六ツを報せる鐘の音が浅草寺のほうから聞こえてきた。

東本願寺《ひがしほんがんじ》の手前の辻を曲がったあたりから、おびただしい数の長屋が、蛇のようにうねって北へと伸びている。千九郎は、忠介から教わった長屋の一棟を目指した。話を聞いただけでは迷うほど、似通った長屋の群れである。道に迷い、ようやく熊吉のところについたときは、日が高く昇りはじめた六ツ半ごろとなっていた。

「……もう、いないかもしれないな」

そう呟きながらも、千九郎は障子戸《しょうじど》の外から声をかけた。

「はーい」

中から女の声がする。遣戸《やりど》を開けて出てきたのは、三十を前にした年増《としま》女であった。

一目で熊吉の女房と知れる。

「熊吉さんはおられますか？」

「四半刻《しはんとき》ほど前に、仕事に出かけましたが……」

こんな刻限まで、職人はぐずぐずしてはいない。

「現場はどちらか分かりますか？」

「いったい、どちらさまで……？」

当然の問いであった。その答を千九郎は用意してある。

「棟梁の使いで……」

「竹次郎親方のですか？」

「ええ。ちょっと、急ぎなものでして……」

「左様ですか。でしたら、なんですか、ご老中水野様の下屋敷とか……」

水野と聞こえ、千九郎は背筋にぶるっと震えを感じた。声音が甲高《かんだか》くなりそうなのを押さえ、努《つと》めて冷静を装った。

水野忠成の下屋敷がどこにあるか知れない。それを千九郎が問うた。

「さあ、あたしには……」

聞いたこともないので、分からないと言う。

老中水野という名を聞いただけで充分だ。千九郎は、すぐにその場を辞すことにした。

三

どこに行けば水野の下屋敷が分かるかと、千九郎は道々考える。

竹次郎のところに行けば分かるだろうと、足を東へと向けた。もっとも竹次郎の居どころを訊くのには、大松屋が先だ。

「そういえば、朝めしを食ってなかった」

独《ひと》りごちると千九郎は、花川戸《はなかわど》にあるとろろごぜんに寄ることにした。大松屋が出した、最初の店であった。開店当初は昼からだったものが、客の要望を聞き入れ、今は朝から店を開けている。

卵つきのご膳を平らげ、七十文の銭を払い、店を出ようとしたときであった。

「ごめんよ、邪魔するぜ」

暖簾《のれん》を分けて入ってきたのは、三人のやくざ風の男たちであった。一人は右頬に一筋の傷痕がある。三人とも目を吊り上げている。言葉はおとなしいが、目に凄みが宿っていた。

めしを食いに来た客でないことは、一目で分かった。

千九郎のほかに、客が五人ほどいる。みな、おとなしそうな町人で、中に二人、娘が交じっていた。

配膳役の娘が相手をする。

「いらっしゃいませ……」

「おれたちは、めしを食いに来たんじゃねえ。主はいるかい？」

「ここには主はおりませんが」

主といえば、大松屋の松三衛門である。

「だったら誰でもいいや、話が分かる者《もん》を出せ」

声高にやくざ者が凄む。その声に、客たちが怯《おび》えを見せている。千九郎は、黙ってその様子を見ていた。

「どうした？」

声が厨房に届いたか、板前が顔を出してきた。

「あんたがここの店を任されてる者《もん》か？」

「まあ、そうですが……」

厨房には、もう一人若い衆《し》がいるだけだ。配膳役の娘二人合わせて、四人で仕切る店であった。

「名はなんという？」

いきなりやくざ者から、理由《わけ》も分からず名を訊かれても答に窮す。

「おれたちゃ、話し合いに来たんだぜ。黙ってちゃ、話にならねえだろうが」

話し合いにしては、高飛車《たかびしゃ》に凄む。

その声に押され、板前は名を語った。

「定吉《さだきち》と申します」

「おい、これから定吉さんの話をよく聞いとくんだぞ」

言葉を発するのは、もっぱら頰に傷をもつ兄貴格の男である。

「へい、兄貴」

背後に控える弟分らしき男二人が、腰まで曲げて返事をした。

「話ってのはだなあ……」

　ようやくやくざ者が、用件を切り出す。

「うちの親分が、先だってここの卵を食って体がおかしくなった」

「えっ？」

　店にいる者たち全員の顔が、やくざ者たちに向いた。驚く顔もあれば、訝《いぶか》しそうな顔もある。千九郎も、その一人であった。

「そのことでしたら、もうご安心して召し上がれるものと……」

「思っているのは、あんたらだけだ。実際に親分がそうなったんだから、仕方ねえだろう」

　定吉の言葉を制し、兄貴分が言う。

　千九郎は、このとき思っていた。忠介から聞いた話が、まずい形になって現れてきたのだと。

　案ずるのは、ここにいる客たちである。世間話としては、格好の材料となりうる。外に出て、病原菌のように話題を振りまくはずだ。

「そんなんでな……」

　兄貴格の話がつづく。

「ついちゃ、償《つぐな》ってもらおうと思ってな」

「償うとは……？」

震える声で定吉が問う。

「店を潰そうなんて思っちゃいねえから安心しな」

口ではそう言うが、聞くほうにとっては途轍《とてつ》もない脅しである。

「親分の療治代として、五十両払ってもらおうか」

「五十両……」

とんでもない額である。店を任せられた定吉の顔色が、青白く変わった。

――苦情というよりも、金をふんだくろうとするいちゃもんだな。

そうと踏んだ千九郎は、定吉の代わりとなることにした。とにかく、この場を収めなくてはならない。

「ちょっと待ってくれ、兄《にい》さん方……」

やくざ者相手に、千九郎は立ち向かう。

「誰でい、てめえは？」

「おれ……いや、手前はこの店に関わりがある者だが……」

ここではまだ、身の上は伏せることにした。しかし、定吉が千九郎の顔を見知っていた。

「千九郎さん……」

やくざのほうに気を取られ、千九郎には気づいてなかったようだ。思わず名を出してしまった。

「てめえ、千九郎ってのかい？」

「ああ、そうだ。これからは定吉さんに代わって、手前が話をする。この店の元締めだと思ってくれたらいい」

「だったら、なんで端《はな》から出てこなかった。さっきから、そこにいただろ」

「ああ、あんたらの魂胆《こんたん》が聞きたくてな」

ほかの客の手前、へりくだったりはできない。千九郎は毅然とした態度で、やくざ者たちの相手となった。

「そうしたら、金の要求をしてきた。ははん、それが目当てだったかと分かったので、口を出したってわけだ」

「なんだとう！」

兄貴分の眉根が、さらにつり上がった。

「みなさん……」

千九郎の顔が、客たちに向いた。とろろごぜんを食べ終わっているものの、誰も立ち上がろうとはせず、ずっと好奇の眼でこの有り様を見やっていた。

「とろろごぜんの卵はまったくの無害です。どうぞ、ご安心してこれからも召し上がってください」

ざわざわとしたのは、客たちが一様にうなずき合ったからだ。

「やい、てめえ……」

兄貴格が、千九郎に向けていきり立つ。

「言いてえことを、ごちゃごちゃと抜かしやがる。まるでおれたちが悪いようじゃねえか、毒の入ったもんを売りつけておいてよ」

「毒なんて入っちゃおりませんよ。その証《あかし》に、誰がほかにおかしくなったっていいますんで?」

「材木町の大工の棟梁……」

「あっ、そうでしたか。それなら竹次郎さんのことですね。たしかに体は壊しましたが、それは卵のせいだとは本人は言ってませんでしたよ。誰かのでっち上げってことが分かりました」

千九郎は落ち着いたか、言葉丁寧に説いた。

「手前が聞いた話は、親分さんが二人目ってことになる。これから手前が見舞いに行きますので、連れていってもらえませんかね」

「いや、それはならねえ」

「もし、卵のせいで親分さんの体に変調をきたしたなら、そりゃこちらとしても誠心誠意お詫びをしなくてはならない。五十両どころか百両、二百両も償い金として差し上げなくてはならんでしょうな」

千九郎は、話に鎌をかけた。

「いったい、どこの親分さんで……？」

つき詰めて千九郎が問うた。

「てめえ、その名を聞いて驚くな。今戸《いまど》の矢桜《やざくら》一家って知ってるだろ」

「矢桜一家なら知ってますとも。その親分の名は、矢平治《やへいじ》さんってことも……」

「分かってるなら、ついてきやがれ」

この場は収まり、矢桜一家の子分衆が外へと出た。千九郎もあとにつき、店を出る間際に振り向いた。

「とろろごぜんの卵は安全です。どうぞ、これからもご贔屓《ひいき》にしてください」

自信たっぷりに客たちに訴えると、みなの大きなうなずきが返った。

今戸の矢桜一家を訪れ、その四半刻後。

「大工職人の話を鵜呑みにして若い者《もん》が……」

頬に傷もつ兄貴分が、千九郎に頭を下げて詫びた。

「てっきりあそこで食った卵のせいだと思いやして、居ても立ってもいられず……」

五十両の金を要求したのは、腹いせのつもりだったという。

「それにしても、親分と千九郎さんが知り合いだったとは」

千九郎は鳥山藩士の傍《かたわ》ら、浅草界隈に出没しては、他人と他人の合い間に立って、それらを結びつけてあげるという『つなぎ屋』の元締めでもあった。人を殺したいという頼みもあれば、それを請け負う者もいる。ときには、そんな剣呑《けんのん》なつなぎも引き受けていた。

そんなこともあり、千九郎は裏の顔をもつ男であった。渡世人一家の親分たちとも交わりが深い。

千九郎には、商才と人との親交の深さがあった。それを見い出したのが、藩主忠介である。

今や千九郎は『つなぎ屋』にあらず、鳥山藩……いや、藩主忠介に忠誠を尽くす立場に自分を置いていた。

とりあえずこの場は収まりを見た。しかし『とろろごぜん』の苦難はまだまだつづく。

四

矢桜一家は片がついたと、千九郎は大工熊吉を探すことに頭を戻した。

「老中水野の下屋敷を探すとなると……」

千九郎の足は大松屋に向いている。

棟梁竹次郎に住処《すみか》を訊く前に、花川戸の店の一件を松三衛門の耳に入れておかなくてはならない。

大松屋では、松三衛門とお美津が千九郎の相手をする。

「そんなことがありましたか。矢桜一家に睨まれては、こっちとしてはどうにも太刀打ちできなかった。一度脅しに屈しては、その先は相手の言いなりになってしまう。骨の髄まで絞り取るのが、やくざというものですからな。どれほど脅かされて金を吸い上げられるか分からん。千九郎さんには助けていただきました」

松三衛門とお美津の頭が、そろって下がる。

「お礼などとんでもない。こちらこそご迷惑をかけました。手前としては、とろろごぜんを守るため、必死になってやったことです」

「それにしても、こんなことがあちこちで起きてくるかもしれませんな」

松三衛門の話に、千九郎も眉間に皺を寄せて渋面《じゅうめん》となった。この先、一番懸念されることだからだ。噂だけなら揉み消すことができるも、償いを前面に立てて言ってこられては、店の立場では屈せざるをえない。今後は、その尻拭いの行脚《あんぎゃ》に出なくてはならないと思うと、千九郎は憂鬱な気持ちであった。今回のように、どこもうまく収まるとは限らないからだ。

現に、材木商のほうでも大松屋は、それを種《ねた》に脅しをかけられている。

「大松屋さんも、別の意味でその渦中にあるのでしょう。なんとか組の傘下になれとかで……」

「大島組ですか」

その大島組が噂の出処として臭いと睨んでいるものの、千九郎はここではそれを口にすることはしない。証があるわけではないし、混乱をきたしてもまずい。それと、そのうしろに控えているのは、とてつもない大物——。

千九郎はそれとなく聞き出すことにする。

「ところで旦那様は、老中水野様の下屋敷がどこにあるか知ってますか？」

竹次郎のところに行かなくても、ふとここで用が済むと思ったからだ。松三衛門は、大商人である。幕府の政《まつりごと》にも詳しいはずと、千九郎は前に座る男の貫禄を目にして聞いた。

「老中の水野様……なぜに、そんなことを？」

いきなり老中の名が出ては、当然の問いであろう。侍が町人に訊くにしては突飛すぎる。だが、松三衛門は知っている素振りであった。

「いや、材木屋さんなら知ってると思いまして。竹次郎親方のところの熊吉さんが、そこの普請に行っていると……」

「そうでしたか。そういえばきのう忠……いや、大旦那さんが来て……」

話の出処を知りたいのだろうと、理由は松三衛門もお美津も分かっている。

「今朝早くして熊吉さんのところに行ったら、現場がそこだとおかみさんから聞きまして」

「なるほど。水野様の下屋敷なら、ここからはそんなに遠くないですな。吾妻橋を渡って、すぐのところです」

「えっ！」

千九郎の驚きの表情は、前に座る松三衛門とお美津にも届いた。

「そんなに驚かれることではないでしょうに、おかしな千九郎さん」

おほほと笑うお美津に、千九郎は救われた思いとなった。

千九郎の目的の一つは、水野がこの件に絡んでいるかどうかを探ることにある。ただし、そのことはたとえ味方であっても、誰にも知られてはならないのだ。それほど相手はでかい。

下屋敷の場所を知ったくらいで驚いていては先が思いやられると、千九郎は自らを戒《いまし》めた。

「というと北本所中ノ郷《きたほんじょなかのごう》。わが鳥山藩下屋敷と近いと思いまして……」

驚きの要因はそこだと、千九郎ははぐらかした。同じ北本所中ノ郷でも、鳥山藩は業平橋に近い。吾妻橋からすぐだと、五町ほど離れていることになる。

「七、八年前に旗本である生駒《いこま》様のお屋敷であったものを、水野様が買い取ったらしいですな」

さすがに松三衛門は、詳しかった。

「そこは八百坪ほどあります」

敷地の広さまで知っている。

「なぜに旦那様は、そんなに詳しいので？」

千九郎の、当然の問いであった。なぜにそこまで知っているのかとの思いがある。

「生駒様の出入りの大工は、大松屋《うち》から材木を仕入れていたからです。その大工が前に言ってましてね。『――水野様の下屋敷となってからは、とんと仕事が来なくなった』とこぼしてたのを思い出します」

「その……」

大工の名を訊こうと思ったが、千九郎は既《すんで》のところで止めた。今は余計な問いであったからだ。

「その大工に替わって入ったのが、竹次郎さんてことですか？」

「そこまでは知らんのですけど、おそらくそうなんでしょう。竹次郎親方とは、近くなのに取引きはないので、どこの仕事をしているのかまではいちいち知らんですから。大島組の下請けとあっては、材木などもそっちの筋から仕入れることになりますし」

「竹次郎さんは、その傘下にいるのを嫌がっていると、主から聞きましたが……」

「まったく、大島組は卑劣だ。あのやり方は、やくざよりも酷い。きのうも来て……」

「そのことも、主から聞きました。権力に屈しない立派なご主人だと、うちの主が褒めておりました」

「滅相もない……」

言って松三衛門とお美津の体が腰から曲がった。そんじょそこらの、商人の主から褒められたのではない。一国一城の、大名の褒め言葉では恐縮もする。

松三衛門の話を聞いていて、なおさら大島組のことを知りたくなった。

——こうなれば、訊いてもよかろう。

思いが忠介の口となって出る。

「その大島組ってのはどちらに……？」

「深川《ふかがわ》は佐賀《さが》町ってところだそうでして、仙台堀《せんだいぼり》に架かる上ノ橋《かみのはし》の近くらしく……」

「そんなに遠くから、浅草に……？」

「遠くなんかありませんよ。大川《おおかわ》を舟で行き来すれば、浅草と深川なんてご近所みたいなもんです。それと、江戸中には運河と堀が張り巡らしておりますからな、舟に乗ればどこにでも行ける。深川に木場ができたのも、水路が整備されたからでしょう。大商人が、深川には大勢いる。今や商いの拠点とも言っていいくらいです」

松三衛門が、ひとしきり深川の薀蓄《うんちく》を語った。

「この十年で、大島組は急速に伸びてきた。それも……」

「普請奉行が絡んできたからと……？」

「一介の商人では、滅多なことは言えません」

首を振る松三衛門に、千九郎の問いは別のものとなった。

「きのう来た、大島組の番頭ってのはなんて名で？」

「富蔵《とみぞう》とかいってましたね」

「いやな奴……」

松三衛門の返事に合わせ、お美津が露骨に不快そうな表情となった。

「主は……？」

「たしか、長五郎《ちょうごろう》だとか」

富蔵に長五郎。名で人を判断してはまずいが、どうも別の草鞋《わらじ》を履いているように、千九郎には思えてならなかった。

知りたいことは、松三衛門の口から聞けた。

大松屋をあとにした千九郎は、吾妻橋を渡りその足を水野家下屋敷へと向けた。

橋は細川《ほそかわ》家下屋敷につき当たり、千九郎は川沿いに道を取った。

二町ほど行ったところに、竹町《たけちょう》の渡しの名残《なご》りがある。吾妻橋ができる以前は、浅草と本所を渡していた艀《はしけ》の桟橋の跡であった。

水野家の下屋敷は、大川の堤からいくぶん奥まったところにあった。門まで通じる道を、二十間ほど歩かねばならない。水野家に用事がある者しか通らない道である。

道の両側は野原で、遮るものはない。

母家と見られる建屋に足場がかかっているのが、塀の外からも見える。

「――竹町の渡し跡の近くでして」

松三衛門から聞いていた場所と一致する。

「あそこだな……」

しかし、千九郎は道に足を踏み込むのにためらいがあった。

下屋敷でも門番はいる。用事は大工熊吉に会うことである。だが、その方便が見つからなかった。

堤から大川を眺めながら、千九郎は考えた。どうしたら、熊吉を外に呼び出せるかと。

大川の流れはゆったりとしている。一年のうちでも、川の流れが一番穏やかな季節であった。上り下りの舟人が漕ぐ櫂《かい》の、飛沫《しぶき》が花にたとえて見える。

だが、そんな悠長な感傷に浸っている暇は、千九郎にはなかった。

もうしばらくしたら、江戸と関八州《かんはっしゅう》も雨季に入る。そうなると、藩主忠介は国元に戻らなくてはならない。鬼怒川と那珂川の氾濫が気になるからだ。

千九郎は、大川に施されている護岸を目にした。石垣が高く積まれ川縁を頑強にしてある。そこから土が高く盛られ、土手として洪水を防ぐ構造であった。

「鬼怒川も、こうしたいのだろうな」

ふと独り言が口から漏れた。

「……殿の悲願か」

どうしても成し遂げさせてあげたい。千九郎の悲願でもあった。

五

正午《ひる》を報せる鐘が、大川を渡り千九郎の耳に聞こえてきた。

同じ鐘の音を、下屋敷で忠介は聞いていた。

「千九郎はまだ戻らねえか？」

声音に焦りが生じている。

つい四半刻ほど前、店を開くための準備役である秋山小次郎が、血相を変えて下屋敷に戻ってきた。

「――殿、大変なことが……」

「どうしたってんだ？　落ち着いて話してみろ」

「千住大橋南の店に、客が乗り込んできまして、つつ……つぐ……」

そのあとは呂律《ろれつ》が回らず、話がうまく聞き取れない。

千住大橋南といえば、先だって江戸に来るとき忠介が立ち寄った店である。臨時雇いの奉公人たちだけに任せ、店は荒れ放題であった。その店の立て直しに、秋山が指導のために通っていた。

「そんなに話がつっかえてちゃ、何がなんだか分からねえだろ」

忠介が浮かべる苦笑いに和《なご》みを感じたか、秋山の気持ちが落ち着きをみせた。

「千住大橋南の店に、客が乗り込んできまして、償いをしろと……」

「つぐないだと。なんの償いだ？」

「いかにもならず者といった男が……」

父親がとろろごぜんの卵を食って、体がおかしくなった。その償いとして三十両払えと、要求してきた。そこまでを、秋山は言いきることができた。

「それで、どう対処した？」

「手前はそんなことはないと、言い張ったのですが……」

客が樽椅子を蹴飛ばすわ、卓をひっくり返すわで大暴れをして帰ったという。

「店の中は、しっちゃかめっちゃかでして……」

「ほかに、客はいなかったのか？」

「はい、ちょうど客が途切れたところでして……」

不幸中の幸いであったといっていい。客に怪我がなかったことと、風評が広がっていないと忠介はほっと安堵の息を漏らした。

「それで、おめえはそれを黙って見てたんかい？」

「はい、刀をもってないもんでして……」

武士が、たった一人の狼藉者を恐れて止められずにいた。

化政《かせい》文化華やかなりし太平の世を、忠介はつくづくと感じ取った。同時に、家臣をこのようにしたのは、自分にも責があるとの思いに至る。

気持ちを鎮《しず》めて、秋山に問う。

「そのあとどうした？」

「はい。金はあしたの今ごろにでも取りに来るから、用意しとけと言って、引き揚げていきました」

「四ツ半ごろってとこか？」

「おそらく、そのころだと思います」

おおよその事情は分かった。この先は、自分一人で考えたほうがよいと、秋山を下がらせることにした。

「いいから、もう下がりな。それと、千住大橋南の店を、きちんと元通りにしてきてやれ。壊されたものの払いは、こっちで弁償してやりな」

「かしこまりました」

秋山が下がったところで、忠介は困惑した顔となった。

家臣の前では決して弱みを見せないというのが、忠介の信条であった。

「……こんな取りつけ騒ぎが、あちこちで起きてくるんだろうな」

大工熊吉の余計な一言が、撒き散らしていると忠介は踏んでいる。その熊吉のところに行った千九郎の帰りが遅い。

朝早くに出ていったはずだ。熊吉のところだけなら、もうとっくに帰ってきてもよい時限である。

「何をしてるんだ、いってえ……」

正午《ひる》を報せる鐘が鳴っても、千九郎は戻らない。

「まあ、焦ってもしょうがねえ。ここは落ち着いて待つとするか。千九郎のことだ、何かつかんで帰ってくるだろうよ」

独り言が、ぶつぶつと忠介の口から漏れた。


忠介のもとにそんな報せがあったのも知らず、千九郎は大川を眺めていた。

正午を報せる鐘の本撞きが、六つ目を鳴らしたときであった。千九郎の背中から、ガヤガヤとした男たちの声が聞こえてきた。

「……ああ、腹減った」

という声が、会話の中に混じっている。

千九郎が振り向くと、五人ほど黒の前垂れをかけた職人らしき者たちが、大川のほうに向かってくる。明らかに、水野家の下屋敷から出てきた連中であることが分かる。

手にはみな、小さな風呂敷包みを抱えている。

「昼の休みぐれえ、ゆっくり取りてえもんだな」

「四半刻じゃ、おちおちめしも食ってられねえ」

千九郎が立つ脇を、職人たちが通り過ぎていく。

――この中に、熊吉はいるのか？

生憎《あいにく》と、千九郎は熊吉の顔を知らない。

なだらかな土手に座っての、昼食であるらしい。

「屋敷の中じゃあ、喉がつまっていけねえ」

「大川を眺めながら、めしを食うのが一番うめえな」

そんな声も聞こえて来る。大島組の、非情とも思える職人たちの扱いが、手に取るように分かる会話であった。

千九郎は、話しかけるかどうかを迷っていた。

せっかくの、休みを邪魔しては悪いとの思いがある。しかし、つまらぬところで遠慮している暇もない。悪いと思いながらも声をかけることにした。

「すみませんが……」

いきなり声をかけられ、一斉に職人たちの顔が向いた。

「この中に、熊吉さんて方はおりますか？」

「熊吉なら、あっしだが……」

いてよかったと、千九郎はほっと安堵する。

「せっかくの休みに邪魔するけど、よろしいですか？」

なんだこの野郎は、という訝しげな目つきで千九郎を見ている。

「ちょっと、竹次郎さんのことで……」

親方の名を出すと、熊吉は体ごと千九郎に向け話を聞く姿勢となった。

「棟梁のことだと……なんのことでい？」

「向こうのほうでよろしいですか？　ちょっと、大事なことでして」

「しょうがねえな」

仲間内で話したいことがあったのだろう。熊吉は、不機嫌さをあらわにして渋々立ち上がった。

四人の仲間とは、十間ほど離れた土手で二人は腰を下ろした。

「めしを食いながらでもいいかい？　あんまり休みがねえんでな」

「どうぞ、どうぞ」

折箱に麦飯が詰まっている。おかずは梅干が真ん中に一つと、沢庵《たくあん》の香々《こうこ》が三切れ添えてある。よほど腹が減っているのか、竹筒の水で腹の中に流し込みながら、熊吉は一気に食し終わった。残った沢庵の一枚を齧りながら言う。

「待たせたな。それで、話ってのはなんでい？」

「竹次郎さんが体を壊したのは……」

「えっ！」

熊吉の驚く顔に、千九郎はふと思うことがあった。忠介の話を思い出す。

『——棟梁の噂が広まってみろ、その口の突端は熊吉さん、あんただぜ。卵と関わりがなけりゃ、とろろごぜん屋はしゃかりきとなって噂の元凶を捜すだろうな』

実際は、呑み屋の主が言っていた話である。千九郎にしては、そんなことはどうでもいい。熊吉相手に、ここはその言葉を利用することにした。

「棟梁は、とろろごぜん屋の卵を食ったってことを……」

「あんたまさか、とろろ屋……？」

千九郎の言葉を遮り、熊吉が問うた。

「ええ。それで、大変に困ってます。根も葉もない噂がもう流れてましして、先ほどもある店で、やくざ者からまったく理不尽と思えるいちゃもんをつけられました。これからも、そんな店がどんどんと増えてくるでしょう」

穏やかだった千九郎の顔が、語っていくうちに徐々に険《けわ》しくなってくる。商人の形《なり》ではあるが、性根は武士である。凄みは、表情に表れる。だが、口調は常に穏やかさを装う。

「熊吉さんが、お仲間に話したということで……」

どれほどの損害があるか分からない。千九郎が口にしようとしたことを、熊吉は悟ったようだ。にわかに顔面蒼白となった。

「すまねえ、このとおりだ」

体を千九郎のほうに向け、土下座までしてひたすらに詫《わ》びる。それを、仲間たちが遠目で見やっていた。

「熊吉さん、頭を上げてくれませんか。お仲間も見てますよ。手前は何も、あんたさんを責めているわけじゃないですから」

「あっしに、何を訊きたいんで？」

頭を上げて、熊吉が問う。この様子だと、かなり詳しく話を聞けるだろうと、千九郎は肚《はら》の中でうなずいた。

「とろろごぜんの卵を食って棟梁が体を壊したってこと、熊吉さんは誰からその話を聞いたので？」

「それは、棟梁から直《じか》に……」

「ちょっと待ってくれ、嘘はいけませんよ」

手を出して、熊吉の話を止める。

「おかしいな。それだったら、手前はこんなところに来てはいませんよ」

千九郎の顔が、再び凄みをもった。

「隠さないで、正直に話してくれませんか。さもなくば、熊吉さんを御番所に訴えなくては……」

町人は、訴えるという言葉に弱い。

うな垂れる熊吉に、さらに千九郎は畳みかける。

「竹次郎さんは誰にも話してないというよりも、とろろごぜんの卵が病の原因だなんて、これっぽっちも思っちゃいませんでしたよ」

指で丸を作り、その先をほんの少しだけ空けて程度を示した。

「ええ、きのう棟梁のところに行って聞いてきましたから、間違いないです」

「そうだったんですかい」

昨日、忠介と呑み屋で顔を合わせ、話をしたのが仕事の終わった夕刻。むろん千九郎との関わりは分かろうはずがない。

竹次郎の話が、なぜにこんなに早く目の前にいる男に伝わったのか――。そんな疑問は熊吉の頭の中にはなかった。

「でしたら……」

熊吉の話は、とても四半刻で終わるものではなかった。

「おい、そろそろ行かねえと……」

大工仲間四人が、そばに寄って熊吉に話しかけた。

「おれはこの男《ひと》とまだ話がある。親方には、なんとか繕《つくろ》っておいてくれねえか」

「なんて言えばいいんで？　おれたちが叱られんのは嫌だからな」

「あの親方だけは、なんとも話しづれえ」

仲間内の二人が、たてつづけに言った。

「腹を壊して、くそでもひってるって言やあいいだろ。頼むから、そうしてくれ」

いらつく声音で、熊吉は仲間に向けて言い放った。

「分かった。だったら、なるべく早く戻ってこいよ」

四人が水野家の現場へと戻っていった。

——熊吉が話したというのは、この大工仲間たちなのか？

千九郎に思いがよぎるも、黙っていることにした。すべては熊吉から聞けばよいことだと。話をそこから避けて言う。

「そんなに大島組の親方ってのは、厳しいのですか？」

「厳しいってもんじゃねえ、ありゃ鬼だ」

熊吉が、吐き捨てるように言った。

それから話は、さらに四半刻までおよんだ。

六

千九郎は、逸《はや》る気持ちを押さえて鳥山藩下屋敷へと戻った。

「おお、帰ったか。ずいぶんと遅かったな」

下屋敷の玄関に出迎えるほど、忠介は千九郎の帰りを心待ちにしていた。

格式のある大名屋敷の玄関先で、商人姿の二人が立って向かい合う。その周りを、羽織袴の武士たちが、正座をして囲む奇妙な図ができ上がった。

「申しわけありません」

「謝ることはねえ。千九郎のことだ、何かつかんできたんだろう?」

「はい。ですが、ここでは……」

取り巻く家来がいる、玄関の式台での会話であった。

「そりゃ、ここじゃなんだ。おれからだって話があるからな。あまりいいことじゃねえけど」

「でしたら、殿の話からうかがいましょうか」

忠介の居間で、改めて向かい合った。人払いはしてある。

「さっき、秋山が来てな……」

千住大橋南の店で起こった経緯を、忠介は千九郎に語った。

「そこでもですか……」

もっと驚くかと思ったが、意外と千九郎は冷静であった。しかも、考える風である。

「そこでもってのは、どういうことだい？」

忠介は身を乗り出すように訊いた。

「実は、花川戸の店でも……」

千九郎が、今朝からの話をする番となった。まずは、その一件を語った。

「まったく同じような話だな。五十両と三十両の違いはあるけど……」

話を聞いた忠介は、あきれ返ったような口調で返した。

「これからも、そんな話がぼちぼちと出てくるでしょう」

「ああ、覚悟はしてるぜ」

「花川戸の店は、幸いにも矢桜一家の親分とはよく知る仲でして……いや、手前は一家の身内ではないですから誤解なく」

丸く収めたと、千九郎は言葉を添えた。

「それにしても矢平治親分と千九郎が知り合いだったとはな、こいつは驚きだぜ」

「でしたら、殿も……？」

「ああ、おれがまだ跡取りだったころ、浅草でよく一緒に呑んで遊んだもんだ。矢桜一家の賭場にも出入りしていた。おっと、こいつは他人《ひと》には言うなよ」

「もちろんですとも」

「親分とは三年ばかり会ってねえが、息災《そくさい》にしてたか？」

「ですから、胃の腑《ふ》のほうが痛むと……」

「そうだったな。寝込んでるんじゃ、息災とは言わねえよな」

「卵のことを親分は、子分たちの勘違いだと言って謝ってくれました」

「そいつはよかった。どこもこのように、うまく収まってくれりゃあいいんだが……」

このとき、ふとした不安が忠介の脳裏をよぎった。それは一種の予知といえるか、そこに襖《ふすま》の外から声がかかった。

「殿はおられますか？」

声は、御意見取次ぎ役の俵利二郎《たわらとしじろう》であるのが分かる。

「俵か……？」

「はっ」

「千九郎もいる。いいから、入ってきな」

「皆野様もおられるので」

襖が開き、俵の一礼があった。この者も、商人の姿である。

御意見取次ぎ役とは、人が語った話をそのまま他者に伝える役職である。主に、忠介と千九郎、そして各組頭の間の伝言を取りもつのが仕事であった。

身分は千九郎の配下であり、忠介が国元にいるときは江戸からの情報は、俵からもたらされていた。

この日俵は、朝から忠介直々《じきじき》の命《めい》により、江戸の各地にいる『とろろごぜん』の元締めのところへ様子を探りに歩いていた。

「ちょうどよかったです、皆野様もいてくれて……」

俵のその顔は、笑み一つ浮かばぬ真剣そのものであった。

「挨拶はいいから、何があったか早く言いな」

「ははっ」

忠介の言葉に促され、俵は一礼をした。そして、前置きもなく語りはじめる。

「神田花房町《かんだはなぶさちょう》の呉服商『高代屋《たかしろや》』さんが、とろろごぜんから撤退したいと……」

「なんだと！」

忠介と千九郎の顔が、にわかに曇りをもった。

「どうやら、客からの難癖があったようでして……」

「どんな、難癖なんだ？」

問うたのは、千九郎であった。

「やくざ風の男たちが、花房町の店に乗り込み……」

花川戸、南千住の店で起きたのと、寸分変わらぬ話であった。やはり、数十両という金を要求されたという。しかし、ここで違ったのは、ならず者の脅しに屈して高代屋が、即刻金を払ってしまったということだ。

「徳衛門《とくえもん》さん直々でか？」

「左様でございます」

「前回の噂もあって、主の徳衛門さんはもうこりごりだとおっしゃってました」

「それで、とろろごぜんから……」

「はい。それなりの儲けは出てるので惜しいが、身の危険には代えられぬとおっしゃいまして……」

撤退することに決めたという。

「ついては、店をどなたかに居抜きで引き継がせるも、畳んで跡片づけをするも好きなようにしてくれとのことでした」

「なんとか、説き伏せられなかったのか？」

千九郎の声音が部屋中に轟く。

「落ち着け、千九郎」

忠介が、大声を出す千九郎をたしなめた。

「はっ、申しわけございません。つい、カッとなりました」

「千九郎らしくねえな。おめえが、頭に血が上ってどうする。冷静になりな」

「はっ」

このようなことは、連鎖を呼び込むのが世の常である。案じていたことが、現実となってきた。


とろろごぜん開店以来の、最大の危機である。それでもドンと構えた忠介の身の置き方に、千九郎は無類の強さを改めて感じ取った。

「それでどうしたい？」

努《つと》めて忠介の声音は柔らかくあった。俵のほうも、話しやすくなったかいつもの雄弁となった。

「むろん、考え直してくれと頼みましたが、それはできないとの一点張りでして、身《み》共《ども》には始末が負えませんでした」

俵は、言ったことを正確に伝えるには長《た》けているが、交渉ごとには向かないと忠介はこのとき思った。それは、けして他人《ひと》を見下しているわけではない。適材適所という観点からすれば、上に立つ者、その見極めをしっかりするのが大事と、忠介は自分自身を戒めている。

「分かったから、もう下がっていいぞ」

「これから身共は、何をすればよろしいので？」

「俵はここにいて、おれの代わりをしていてくれ」

「殿のですか？」

そんなことはできないと、俵は大きく首を振る。

「何も殿様になれとは言ってねえよ。どっからどう話が入るか分からねえだろ。大事な話が入ったら、おれと千九郎は高代屋にいるから届けてくれ。書き付けでもってもいいぞ」

そのために、書き物の用意をしておけと俵に指示を出した。

「かしこまりました」

　俵が畳に深く拝した。

「そうだ、何かあったら舟で来い」

「心得ました」

「よし、あとは頼むぞ」

　言って忠介は立ち上がると、千九郎はそれに倣《なら》った。

「千九郎の話は、舟の上で聞こうか」

　廊下に出てからの話であった。

「はっ。とにかく高代屋さんを説得せねば……ですが、これだけは先にお耳に入れておきます」

「なんだ？」

「熊吉さんから聞いて、話の出処がつかめました」

　千九郎の顔に、かすかな笑いが含まれている。

「そうか。そいつは聞くのが楽しみだな」

　下屋敷から出ると、逆方向の業平橋に向かった。

　筋違御門《すじかいごもん》近くの神田花房町までは一里以上ある。歩けば半刻では着かない距離である。だが、横川から舟に乗れば、およそ四半刻ほどで着くはずだ。

横川から大川に出て、川を下る。両国橋《りょうごくばし》の手前で柳橋《やなぎばし》を潜《くぐ》り、神田川を遡《さかのぼ》る。土手の上は柳原《やなぎわら》通りである。柳橋を含め、六つ目の橋が筋違御門である。その手前で、舟を下りるつもりであった。

業平橋の袂《たもと》にある船宿から、猪牙舟《ちょきぶね》を拾う。

「舟賃は弾むから、筋違御門まで急いでやってくれ」

「へい、任せておくんなせい」

千九郎の求めに、全身日焼けした船頭が水棹《みざお》を立てた。澪筋《みおすじ》の深みに入ると、艫《とも》に移り櫓《ろ》にもち替える。

水面は凪《な》ぎ、舟はなだらかに進む。乗り心地は快適で、話がしやすい。

あとは船頭に任せ、千九郎は熊吉の話を語ることにした。

「熊吉さんの話ですが……」

「どうだった？」

「殿……大旦那様は、水野家の下屋敷が北本所というのをご存じでしたか？」

船頭の耳に触れてはまずいと、千九郎は呼び方を変えた。

「いや、知らなかったな」

「それが、当家の下屋敷とは五町ほどのご近所でして……」

「ほう、それで？」

「まずは、順を追って話しますと……」

千九郎はいく分前に体をせり出し、その分小声となった。大松屋に寄ってからのことを語る。

話が水野家下屋敷の普請のことにかかったとき、舟は横川から大川へと出た。

江戸湾に向かう流れに乗り、吾妻橋を潜るとやがて竹町の渡し跡に差しかかる。

「大旦那様、あの屋敷をご覧ください」

千九郎は、東の方角を指差した。堤の向こうに、屋根まで足場が組まれた建屋が見える。

「あれが、老中水野家の下屋敷でして……」

「ほう、あそこがか。改築普請をしてるようだな」

熊吉と話をした土手を、千九郎は目にしている。熊吉とは、およそ半刻にわたる長い話であった。

「あの水野家下屋敷が噂の元のようでして、熊吉の話によりますと……」

さらに千九郎の体は、前かがみとなった。その口に、忠介は耳を向けた。

七

昨日の昼のこと――。

熊吉は、いつものように大川の土手で昼めしを取ろうと屋敷を出た。職人の出入りは裏木戸からである。二十歩も歩いたところで、熊吉は水の入った竹筒をもってくるのを忘れた。

取りに行こうと再び屋敷の中に入った。すると、大島組の現場親方が背中を向けて、商人風の男と話をしている。熊吉が初めて見る、商人の顔であった。

親方に顔を見られると、なんだかんだ難癖をつけられる。熊吉にとって、煩《わずら》わしい男であった。そっと、うしろを隠れるように通り過ぎようとしたところで話し声が聞こえた。

「――材木町の竹次郎……」

と聞こえて、熊吉は足を止めた。都合がよいことに、身が隠せるほどの太さの庭木が立っている。竹次郎に関わる話なら、熊吉も聞きたいと庭木の裏に回った。

親方と向かい合い、商人は熊吉に気づいてはいない。つづく話を、熊吉は拾った。

「竹次郎の病をだな、とろろごぜん屋の卵を食ったせいだということに……」

そこで商人の話は止まった。

「おい、そこに誰かいるのか？」

気づかれたと思った熊吉は、一瞬心の臓が止まる衝動にかられた。だが、すぐそのあとに別の男の声が聞こえ、熊吉はふっと肩から力が抜けた。

建屋を取り巻く足場には、莚《むしろ》の養生《ようじょう》がかかっている。その中から鏝板《こて》と鏝を両手にもった、左官職人が出てきて言った。

「すいやせん。ちょっと塗りの薄いところがありやして……」

「昼の休みだってのに、ご苦労だな」

「いや。番頭さんの手前、下手《へた》な仕事はできやせんから……」

このとき、商人風の男が大島組の番頭であることを熊吉は知った。

左官職人を相手にしている間に、熊吉はそっとその場から去った。水筒を取って、仲間のいる大川の土手に向かう。

「おい、知ってるか？」

すでに昼めしを食い終わり、談笑をしている仲間の大工たちに熊吉は言った。

「竹次郎親方が具合悪くなったのは、とろろごぜん屋の卵を食ったからだってのを知ってるか？」

昼休みの、職人たちの話題としては格好のものとなった。だが、熊吉がもう少し番頭の話を聞いていたら、事態は別のほうに向いたかもしれない。

舟は柳橋を潜り、神田川へと入った。

「そんなことで、熊吉さんはてっきり番頭の話を鵜呑みにして仲間の職人たちに……」

振り撒いたとまで語り、千九郎の話は一旦止まった。

「そのとき聞いた番頭の話には、つづきがあるのだろうなあ」

忠介が、言葉を挟んだからだ。

「さすが、殿……いや、大旦那様。いい勘をしております」

「おだてるのはいいから、先を話しな」

熊吉の話には、つづきがあった。

今朝になって仕事に取りかかる前、熊吉たち竹次郎配下の職人たち五人が親方に呼ばれた。そして、こう言われる。

「――おめえたちの親方竹次郎さんがだな、体を壊したのはどうやらとろろごぜん屋の卵を食ったかららしい。その店の元締めは、材木屋の大松屋ってことだ。知ってたか？」

「へえ。材木屋がめし屋を商うってことが、いっとき話の種《ねた》になりやしたから」

熊吉が答えた。

「だったら、大松屋の出したとろろ屋がいけねえって、仕事が終わったら言いふらしな」

ここで初めて、熊吉は大島組の魂胆を知ったという。

しかし、その話はすでに熊吉が、昨日《きのう》呑み屋で忠介を前にしてしまった。すると、職人たちの中の二人も、知り合いのやくざや遊び人を相手にこっそりと話したと言った。大島組の目論見《もくろみ》を聞くより、一日早い動きであった。

舟は新シ橋《あたらしばし》の下を潜る。

次の、和泉橋《いずみばし》近くの桟橋で舟から降りるつもりであった。

「いずれにしても、話がばら撒かれたのが、昨日でよかったかもしれねえな」

「もっともで。それで、熊吉さんは平謝りしてました。ちょっと、脅してやりましたがね」

「そうだろうな。それにしても大島組ってのは、小汚ねえやり方をするぜ。番頭が親方ってのに話したつづきが、耳に聞こえてくるわ。きっと『――大松屋の主が首を縦に振らなかったら、この話を明日にでも大工職人たちにしてやってくれ』なんて指令を出したんだろうなあ」

「まったくそのとおりだと思います」

「これからは大島組が……」

忠介の言葉が、止まった。その先、老中水野に思いが辿り着く。

大島組がもたらした益が、普請奉行を経由して賂《まいない》として水野忠成に届くのだろう。自らを潤《うるお》して、小久保家を潰す。

「……一挙両得か」

そんな図が、おぼろげに忠介の脳裏に浮かび、ふと呟いた。

「その大島組について、ちょっと聞き出しました」

仲間の職人たちを現場に帰してからの、熊吉の話である。千九郎が語りはじめようとしたとき、船頭の声が聞こえた。

「あの桟橋でよろしいですかい？」

和泉橋を潜り、二町ほど行ったところに船着場があった。佐久間町《さくまちょう》側の岸である。

「そこで、お願いします」

船頭に答えたのは、千九郎であった。

「つづきはあとで、聞こうじゃねえか」

忠介が小声で言うと、千九郎は小さくうなずきを見せた。


神田川は、渓谷のように深い。

急勾配の階段を登りきると、そこは神田佐久間町一丁目である。そこにも高代屋が営むとろろごぜんの店はあった。

店の様子を見ようと、先に立ち寄ることにした。

「いらっしゃいませ。あら……」

千九郎の、顔を見知る娘であった。客も数人いて、普段どおりの様相である。

「お仙《せん》ちゃん、ここのところ何か変わったことがあったかい？」

名を知る千九郎は、娘に訊いた。

「変わったことって……？」

「いや、なければいいんだ。ところでどうだい、お客さんの入りは？」

「いっときあの噂で遠のいたけど、また戻ってきました。もっとも、以前のようには混みませんが……」

「そうかい。だったら、邪魔したな」

「食べていきませんので？」

「ちょっと、急ぐのでな。また、近くに来たときお仙ちゃんの顔でも拝みに来るわ」

それだけの会話を交わし、佐久間町の店をあとにした。


高代屋の主、徳衛門を前にして忠介が説得をするも、頑として聞き入れない。

「駄目なものは駄目でございます。いくらお殿様が来られようと、商いというのは信用が大事。一旦その信用を失いますと取り返すのは容易でなく……」

「ですから、当方も必死となって動いたところ、信用はだんだんと回復してきております。卵の件は、もう安全だと分かっておりますし……」

説く忠介の口調は、商人そのものであった。

「回復しているなんて、とんでもない。俵って人から聞いてないんですか？」

「聞いておりますとも。ですから、手前自らうかがってご主人と話を。それで、ご主人……」

　忠介の詰め寄りに、徳衛門はその分体を引かせた。

「なんですか……？」

「ならず者たちから、いくらふんだくられたのですか？　話では数十両と聞いてますが……」

　言葉柔らかく、忠介が問う。

「八十両ほど……」

「八十両もですか？」

　驚いて口を出したのは、千九郎であった。

　いちゃもんにしては、とんでもない金額である。それに抵抗することもなく、おとなしく言うなりになった。

「どうして、すんなりと出してしまったのですか？」

　眉根を寄せて千九郎が詰め寄る。

「千九郎、言葉が荒いぞ」

「はっ」

　忠介のたしなめに、千九郎は体を引いた。

「それは抗《あらが》いたいですよ。ですが、ならず者たち五人で押しかけられて『この店がどうなっても知らねえぞ』なんて脅しをかけられてみてくださいよ。うちには十八と十六になる娘がいるのです」

たしかに年ごろの娘がいれば、そっちに気が回るのは仕方なかろうと得心し、忠介はうなずいて徳衛門の話を聞いた。

「たしかに大きな額ですが、それを考えれば八十両もいたし方ない。ですが、とろろごぜんの店をつづけてましたら、またあいつらがやってくる。いつまでもつきまとわれていては、本業の呉服商のほうにも影響をきたします。そんなんで、申しわけないが、そちらさんの店を閉めることにしたのです」

「話は分かりました。店を閉めるのはよろしいし、片づけでもなんでもこちらで処理をしましょう」

「大旦那さま……」

もの分かりのよい忠介に、千九郎はうしろから袖を引いた。しかし、おかまいなしに忠介は言葉をつづける。

「ですが、ご主人……」

声音がいく分大きくなった。

「高代屋さんが、根も葉もないことになんの疑いもなく高額な金を渡したとあっては、それは当方にとっては由々《ゆゆ》しきこと。それで高代屋さんはよろしいでしょうが、ほかの元締めのみなさんが迷惑をする。とろろごぜん屋は与《くみ》し易しと思われたら、つけ上がる者たちが大勢出てきます。そうなると、全部が崩壊します。むろん、当方も。ですから、ここはどうしても毅然《きぜん》としなくてはならない」

「と申しますと……？」

言い切る忠介に、徳衛門の問いが入った。

「これから行って八十両を取り返し、汚名を返上してきます。むろん、高代屋さんにご迷惑はかけません。これは『とろろごぜん』の鳥山屋としての戦《いくさ》なのです」

「……殿」

ここで初めて、千九郎は忠介が直々乗り出して来た理由《わけ》を得心した。

「さあ、どこの奴らか教えてくれやせんか」

伝法な言葉が、忠介の口を吐《つ》いた。

「神田明神下《みょうじんした》は金沢町《かなざわちょう》の……」

八十両の金を毟《むし》ったならず者たちというのは『大八組《だいはちぐみ》』という、表向きは鳶職《とびしょく》とあるが、実態は町奴の極道《ごくどう》一家に属する男たちであった。

徳衛門から大八組の宿《やさ》と、頭目の名を聞いて、忠介と千九郎は高代屋をあとにした。

「なんだか、読めてきたぜ」

金沢町に向かう、道々の会話であった。忠介が千九郎に話しかけた。

「手前もなんだか、分かってきたような気がします」

「さすが、千九郎だな。どこが分かった？」

念のため、忠介が問うた。

「今日だけで八十両、五十両、そして三十両なんて額が出てきましたから。それもみな頭領の病気絡みで……」

「やはり、千九郎も臭《くせ》えと思ったかい？」

「はあ、殿もでしたか」

言いながら千九郎は、別の考えが頭の中をよぎっていた。

――どうしてこうクルクルと、言葉を変えることができるのだろう。

そんなことを思ううちに、神田明神下の金沢町に着いた。

第三章　鼠算《ねずみざん》式儲け話

一

片方の油障子《あぶらしょうじ》に、山に八の字の代紋《だいもん》が書かれている。

そしてもう片方には『鳶《とび》　大八組』と記されてあった。千九郎は代紋の書かれた遣戸《やりど》を開けて、中に声をかけた。

「ごめんくださいな」

土間には誰もいない。

家の中を見回すと、壁にズラリと鳶口《とびぐち》がかけられている。広い三和土《たたき》には、高さ三間もある長梯子《ながばしご》が横たわり、大八組の纏《まとい》が立てかけられている。一応は町場鳶の体裁《ていさい》を示していた。

町火消しでも、大八組は『いろは六十四組』には属してはいない。

「纏なんかは、どうせ飾りだろう」

忠介が、千九郎に向けて言った。

「誰でい？」

しばらくして、赤白縞の派手な柄《がら》の小袖を着流した男が奥から出てきた。髷《まげ》を横になびかせ、目だけギョロリと光らせている。見るからに、極道といった風情《ふぜい》の男であった。

「鳥山屋のものでして……」

「鳥山屋だと。なんでい、そりゃ？」

「頭《かしら》の権八《ごんぱち》さんはおられますか？」

「頭だと？　てめえらみてえなのに用はねえ」

斜《しゃ》に構えての伝法《でんぽう》なもの言いは、最初《はな》から喧嘩腰である。その実態はやくざそのものと、徳衛門の話に間違いはなかった。

「そちら様になくても、こちらにございまして。実は、とろろごぜんの卵を食して体を壊しなされたと。手前どもは、その元締めででして、親分さんの見舞いに……」

「そんな必要はねえよ。高代屋とは話《なし》がついてる、とっとと帰《けえ》りな」

黙ってやり取りを聞いている千九郎は、口振りからしてこの男も高代屋を脅した無頼の一人だと踏んだ。

「てめえらを、相手にすることなんかねえよ」

言い放って奥に引っ込もうとする男の背中に、忠介が声をかけた。

「高代屋さんとはついてるでしょうが、こっちとはついてない」

忠介が毅然と言い切る。

「なんだと？」

立ち止まって、男が振り向いた。間髪《かんはつ》を容《い》れずに、忠介が言う。

「高代屋さんが渡した八十両を、まずは返していただきたい。それから、改めてうちと話をしてもらいたい」

「ほう、そっちとか」

初めて男が他人《ひと》の話に聞く姿勢を取った。

「いくら出すと言うんでえ？」

「鐚銭《びたせん》一文も出す気はない。まずは八十両を返してもらったその上で、根も葉もないことで因縁をつけられた、それは間違いだと認めてもらいに来たのだ」

「なんだとう。てめえらはこの大八組に喧嘩を売るってのか？」

「喧嘩ではない、話し合いだ。ごらんのとおり、こっちは商人で匕首《あいくち》一つもっちゃいねえよ」

「話し合いだと？　やい、極道相手にからかうのもいい加減にしやがれ。それ以上御《ご》託《たく》をぬかしやがったら、神田川の深い谷底に沈めてやんぞ」

相手が目一杯に凄む。そんな脅しに怯まず、忠介は言う。

「血の気の多いあんたとじゃ話にならん。ちょっと、上がらせてもらうよ」

忠介は雪駄《せった》を脱いで、上がり框《かまち》に足をかけた。

「駄目だ、勝手に上がってくるんじゃねえ」

「親分の見舞いだ、どこがいけねえ？」

声音を落とし、相手を睨みつけて言う忠介の凄みに、相手は一歩足を引いて怯む。千九郎でも、これまで見たこともない忠介の強面《こわもて》の表情であった。

そこへ、どどどっと廊下に駆け寄る足音が聞こえてきた。

騒ぎを聞きつけてきた、さらなる四人が戸口の広い板間に立った。みな、歌舞伎役者でも着ないような、派手な配色の着流し姿である。

「なんでい、こいつらは？」

「殴り込みか？」

一日中ぶらぶらしているような輩《やから》であった。

片手に華瑠多札《かるたふだ》をもっているところは、博奕《ばくち》に興じていたようだ。

「高代屋の八十両を返せと言ってきやがった」

「なんだと？　とんでもねえ奴らだ」

「かまわねえから、簀巻《すま》きにして神田川の底に沈めちまおうぜ」

よしきたとばかり、一人が壁にかかる鳶口を人数分もって来た。五人に行き渡り、忠介と千九郎を取り囲む。

こんな騒ぎでも、奥から誰も出てこない。どうやら宿《やさ》にいるのは、この五人だけらしい。

「おまえらか、高代屋さんを脅した五人てのは？」

「…………」

黙るところは、図星と取った。

「もしかしたら、頭《かしら》の知らないことでは……？」

小声で千九郎が話しかけると、声を出さず忠介が小さくうなずいた。

「何をごちゃごちゃしゃべってやがる。いいから、こいつらをやっちめえ」

白黒の鯨幕《くじらまく》のような柄《がら》を着込んだ、兄貴格と見られる男が号令を出した。

「職人の道具を得物《えもの》にしやがって」

修羅《しゅら》の像にも似た、忠介の形相《ぎょうそう》である。腹の底から絞り出た声音は、地獄の閻魔《えんま》を彷彿《ほうふつ》とさせる。

兄貴格の号令が出ても、腰が引けている。背中合わせに立つ忠介と千九郎には、攻撃を仕掛けるにもすきがなかった。

いつまでも鳶口を構えたままで、かかってこない相手に忠介は痺《しび》れを切らした。

「頭のところに案内しな」

それだけはさせたくないと、無頼奴たちは立ち塞ぐ。

「奥に行かしちゃならねえ」

兄貴格の言葉が引き金となった。

「この野郎！」

千九郎の正面に立つ男が、突然鳶口を振りかざし襲ってきた。

算盤改め役だった男でも、一応は武士である。そのくらいの攻撃は躱《かわ》せる武道の腕はある。千九郎は、三寸ほど体をずらすして、相手の鳶口を避けた。だが、鳶口の先は忠介の背中に向かっている。避けなければ、背中にブスリである。

「殿……」

千九郎が咄嗟に声をかけた。忠介も、うしろに目がついているのか、既《すんで》のところで横に退けた。二人の体を割って入ると、男の勢いが余ったかたたらを踏んだ。振り下ろした鳶口が正面にいた兄貴格の男に襲いかかる。まさかとの思いが、一瞬逃げるのを遅らせた。

振り下ろされた鳶口は、兄貴格の太腿《ふともも》あたりをブスリと刺した。

「痛てぇー」

膝を押さえて、男が廊下を転げ回る。

啞然として、ただ四人は立ち尽くす。忠介と千九郎の囲みは解け、もう二人を見ようともしない。

「おい、手当てをしてやらなくていいのか？」

お節介ながらも、忠介が誰にともなく声をかけた。

板の間が、太腿から流れた血を吸っている。

やれ晒《さらし》だ、やれ雑巾《ぞうきん》だと四人が騒然としているのを、忠介と千九郎は見やるだけである。

そこへ――。

ガラリと戸口の遣戸が開いて、五十歳絡みの小太りの男が入ってきた。子持ち縞の小袖に、同じ柄の羽織はさほど派手ではない。大八組でも、相当に上のほうの貫禄が見た目にあった。その脇に、かなり年下と見える女が一人寄り添っている。

うしろに五人ほどの、取り巻きが従っていた。

「何を大騒ぎしてやがるんで！」

「かっ、頭……」

板間の上から、子分の一人が声を漏らした。

「えっ？」

忠介と千九郎はそろって声を発すると、三和土に立つ男の顔を見やった。ずいぶんと血色がよく、とても病とは思えない。脇に立つ女も、それなりの色香をかもし出している。

頭の権八は、病ではなかった。なぜだと考える忠介と千九郎に目を向けながら、権八が声をかけた。

「誰でい、その男たちは？」

権八の問いに、答える者はいない。取り巻きの一人が権八に声をかけた。

「親分、板間が血で汚れてますぜ」

「親分、又吉《またきち》が怪我をしてますわよ」

取り巻きにつづき、脇に立つ女が言った。

「あっ、ほんとだ。いってえ、何があった？」

「この野郎たちが、殴り込みを……」

最初に忠介を相手にした、赤白縞の小袖を着込んだ男が言った。

「殴り込みだと？　相手は商人の形《なり》じゃねえか。いってえ、どういうことで？」

「頭の権八さんですか。その話は手前から……」

忠介が、板間の上から声をかけた。

二

権八の部屋で、向かい合う。

神棚の前で権八と女が並んで座り、長火鉢を挟んで忠介と千九郎が座る。そのうしろには、太腿を療治した又吉も含め五人が座っている。

「手前は鳥山屋の主で……」

忠介が、大八組に来た用件を語っている。それを黙って聞く権八の姿に、話が分からない輩ではなさそうだと、千九郎は思っていた。

「……そのようなわけで、八十両を返していただきたいとうかがった次第です」

ひとしきり語って、忠介の口が閉じた。それでも権八の目は閉じたままで、考えている様子であった。

「頭、そしたらこいつらが……」

忠介の背中越しに、子分の一人が声をかけた。

「うるせえ、てめえらは黙ってやがれ！」

権八の一喝に、子分五人がうな垂れる。

「おれがとろろごぜんの卵を食って……」

権八の目が開き、口も開いた。

「それで花房町の高代屋を脅したってことか。おれは知らねえな、そんな話……」

「頭は、病じゃなかったんで？」

「おほほ、なんで頭が病になんか。それどころか、精力が絶倫……」

忠介の問いに、女が笑いながら答えた。

「お時《とき》、余計なことは言うんじゃねえ」

二十歳ほど年の離れた夫婦のようだ。権八が、口から泡を飛ばしてお時のしゃべりを止めた。

「おめえら、おれの名を使って騙《かた》りを打《ぶ》ちやがったな。いってえ、どういう了見《りょうけん》で？」

　忠介と千九郎の頭越しに、怒鳴り声が飛んだ。その剣幕に、五人は押し黙る。

「まあいい。おれの面《つら》に泥を塗ってくれたことには間違えなさそうだ。あとで折檻《せっかん》してやるから、覚悟しとけ。ところで、忠介さんとやら……」

　権八の顔が、忠介に向いた。

「話が分かっていただけましたか。それでは……」

　八十両を返してくれと言おうとしたところで、権八が話を遮《さえぎ》る。

「その前《めえ》に、あんたさんたちはいったい何者で？」

「何者でと問われましても、手前たちはしがないとろろごぜん屋でして……」

「そいつは分かってる。だが、あんたの目力《めぢから》と貫禄は商人なんてもんじゃねえ。おれたち同業とも違う、もっと太《ぶ》っとい何かを感じてな。泣く子も黙るという、この権八さまでさえ、一瞬怯みを感じたぜ」

「それほどの者では……」

　ございませんよと、忠介は首を振る。

「たった二人で丸腰で乗り込んできて、金を返せと凄む度胸は、伊達《だて》や酔狂《すいきょう》ではできねえこった」

「こっちだって、生きるか死ぬかというときには必死で、命を懸けるってこともありますよ」

「……商人にしておくには、惜しい奴らだ」

一言呟くと、権八の顔がお時に向いた。

「おい、お時。手金庫から八十両出してきな」

「えっ？」

訝しがったのは、お時であった。

「いいからもってこい。子のしでかした粗相《そそう》は、親がけつを拭《ふ》くのが当たりめえってもんだ」

話に聞いていたのとはまったく違う、仁義を見せる権八に、忠介はこれぞ侠客と思いを改めるのであった。

八十両が目の前に置かれ、忠介はそれを懐にしまうと腰を浮かせた。千九郎も、倣って立ち上がろうとする。

「ちょっと、待て」

権八の引き止めに、忠介と千九郎は腰を元へと下ろした。

「あんたらの言い分は、真っ当に聞いてやった」

「えっ？」

権八の形相が、俠客の穏やかさから無頼の厳《いか》つさに変わっている。その変貌振りに、忠介と千九郎は、平穏無事では帰れそうもない不穏なものを感じ取った。

「こっからは、おれの言い分だ」

何が言いたいのかと、忠介と千九郎は黙ってその先を聞く。

「素人《とうしろ》の殴り込みに、黙って言いなりとなっちゃ、おれの面目は丸潰れだ。同業にも子分たちにも示しがつかねえ。その落とし前は、つけてくれねえとな」

「なんだ、そんなことか」

一笑して、忠介は首を振った。

「面目だとか見栄《みえ》だとか、そんなとるに足らんことにこだわって、頭も小せえお人なんですねえ」

「なんだと？」

「そうか、それで町鳶を気取って纏なんかの飾り物を置いとくってわけか」

「飾り物だと。ふざけたことを言うんじゃねえ」

「だって、そうじゃねえか。所詮は無頼《ぶらい》奴《やっこ》だってのに、表向きだけを飾ってるんだからな。新門辰五郎《しんもんたつごろう》親分を気取っているようだが、とてもとても、手ぶら提灯《ぢょうちん》に釣鐘……」

馬鹿にされたと、権八の顔面が真っ赤に染まった。それを宥《なだ》めるように、忠介は言葉をつづける。

「今しがた、落とし前と言ったけど、何を落としたらいいとおっしゃるんで？　とろろごぜんを守るためだったら、なんでも落としてやるぜ」

いつの間にか忠介の口調が、いつもの遊び人調となってきている。

「命を落とせってか？　だったら、好きなようにしたらいいじゃねえか。ただし、千九郎はこの世に残して、おれの首だけにしろ。とろろごぜん屋の面倒をみなくちゃならねえからな。さあ、さっさと鳶口でもって首をかきやがれってんだ」

忠介は、正座していた足を胡坐《あぐら》に替えて、啖呵《たんか》を切った。

「誰も、命を落とせなんて言ってねえよ」

啖呵が効いたか、権八の声が穏やかになっている。

「渡した八十両を落とし前として取り返そうとしたが、あんたの度胸に免じてもうそれも言わんことにする。ただし、一つだけ訊きてえことがある。それが得心できれば、もう何も言わねえ」

「何を訊きたいので？」

「あんたら、本当は何者？」

「そのことか。だったら……」

言いかけようとして、千九郎から袖を引かれる。

「いいってことよ。こいつらの面目を潰したんだ。それなりの落とし前はつけてやらねえとな。それと、隠し立てしたって……」

「もう、あちこちに露見してますからね」

千九郎の、苦笑いがあった。

「実は、おれはな……」

忠介の口から、素性が明かされた。

部屋の中が、氷のように凍てつく。

「……殿様」

権八の口から、呟くような声が漏れた。

「……えっ、これが？」

呟きを漏らし、驚く顔はお時であった。

「どうだ、得心がいったか？」

「あっ、はい」

権八とお時は立ち上がると、忠介の背後に回った。そして、畳に額をこすりつけて平伏する。

「いいから、そんな真似をしねえでくれ」

それじゃと言って、忠介と千九郎は立ち上がった。

二人がいなくなったあとの大八組では、権八が烈火のごとく五人の子分を前にして怒りをぶつけている。

「いってえどんな了見《りょうけん》で、おれの面《つら》に泥を塗った？」

「あんた、そんなに怒らないでおやりよ。又吉たちは兄さんが送り込んできた鳶なんだから……」

お時が間に入って取りなす。

「そうはいってもな、ああ毎日ぶらぶらしてたんじゃ……」

ほかの鳶に示しがつかねえと、言おうとするのをお時が止めた。

「毎日ぶらぶらって、この間まで水野様のお屋敷の足場を組んでいたじゃないか」

「あれだけじゃねえか、まともな仕事をしたってのは。これ以上悪さをしたら、引き揚げてもらうぞ」

権八夫婦のやり取りを、又吉たちはうな垂れた姿で黙って聞いていた。

高代屋に戻り奪われた八十両を返すと、忠介と千九郎は再び神田川の舟に乗った。徳衛門の誤解も解け、高代屋のとろろごぜんは存続することになった。

舟が大川に出たとき、暮六ツを報せる鐘の音が遠く聞こえてきた。日が沈み、江戸は夜との境となっていた。

「すっかりと、暗くなりましたね」

千九郎にとっては、長い一日であった。

「これで三軒目だが、あとどれほど出てくるか分からねえな。あしたは、南千住の店で一悶着あるし……」

ふーっと漏らした忠介のため息が、大川の川風に吹き消される。

「ですが、大旦那様。もう、これ以上苦情はないのではないかと……」

「ほう、千九郎はどうしてそう思う？」

「三件とも同じ手口で、金をせしめようとしてます。矢桜一家と大八組は、親分の病として。そして、千住の店もならず者が脅しにかけてきた。誰も考えることは一緒で……」

ここで千九郎には首を捻ることがあった。熊吉の仲間の大工は、二人のならず者にしか話してないと言っていた。

——なぜに大八組が知っていた？

思ったものの千九郎は、それをさほど気にも留めずに口にする。

「子分たちが、親分を種《ねた》に脅しを仕掛けたのですから、誰にも言えない。黙ってればばれないとでも思ったのでしょう」

「おれたちが絡《くみ》んでるってのを、知らねえからな。たかがとろろごぜん屋だ、金をふんだくるには与し易い相手だろうからな」

「そんなんで、いい金づるになる話を、あっちこっちに広めたりはしないでしょう。それが……」

幸いにも風評の抑制になったと、千九郎は言葉を添えた。

「今ごろは、こっぴどく折檻されてるだろうな」

大八組の、五人の子分の顔が脳裏に浮かび、忠介の顔に笑みが浮かんだ。

「いえ、今ふと思ったんですが、意外と権八親分の差し金かもしれませんよ」

千九郎も、顔に笑いを浮かべながら返した。

「どうしてそう思う？」

「大旦那様のことを、最初からただ者ではないと思ってたらしいですから。気の力といいますか、体からかもし出す目に見えない力を感じ、とても抗《あらが》えないお方とでも思ったのでしょう。あんな極悪非道とも思われる男が、子だの親だのって、きれいごとを言って八十両を出しますか」

「なるほど、そう言われりゃそうだな。それにしても、目に見えない力なんておれのどこにある？」

「ずいぶんとかもし出してます。初めて殿……大旦那様と会ったときも、手前もかなり感じ取りましたから」

「そうかい……」

まんざらではなさそうな、忠介の顔つきであった。

「横川に入りますぜ」

船頭の声がかかった。

いつしか舟は吾妻橋を過ぎ、舳先《へさき》を横川に向け枕橋《まくらばし》を潜る。業平橋に着いたときは、とっぷりと日が暮れていた。

翌日の昼前――。

忠介と千九郎は、千住大橋南詰めの店を訪れ、秋山から聞いていたならず者たちと相対した。ここも、ならず者たちは忠介の啖呵を浴びて、すごすごと引き揚げていき、ことなきを得た。

それから、丸一日経っても苦情はなく、この一件は千九郎の言うとおり収まりをみたようである。

「あれから、何も起きたと言って来ませんね」

下屋敷の忠介の部屋で、千九郎はほっと安堵の息を吐いた。

「まだ、一日しか経っていねんで予断は許さねえが、このまんま何もなけりゃありがてえ」

そう言う忠介の中にも、一抹《いちまつ》の不安は残っていたが、もち前の楽観思考が口をつく。

「まあ、起きてもねえことをぐだぐだ考えてたってしょうがねえ。これから先を考えねえとな」

「とろろごぜんですが、前の流言が尾を引きまして、どこの店も売り上げがかなり落ち込んでいるようです」

　食材となる大和芋や鶏卵、そして米麦、特撰醤油の出荷量が減ってきていると、大福帳をめくりながら千九郎が言った。

「元のとおりになるには、それなりにときというもんがかかるだろうよ。まあ、気長にやるしか、しょうがねえな」

「とろろごぜんでは、この先一気に大きな儲けは見込めません。河川修復の予算は、別に手立てを考えませんと……」

「とろろごぜんのことで気を取られてたが、おれが江戸に来たのはそのことだった。どうだ千九郎、何かいいことを思いついたか？」

「いいえ、手前もここ数日はこちらのほうの尻拭いで……」

　忙しかったと、千九郎は言い訳じみたことを返した。

　例年ならば、間もなく雨季入りである。このごろでは、それを梅雨という。

「梅雨に入ったら、おれは国に戻らんとならんからな。江戸にいられるのも、あと数日だ」

「申しわけございません。いい考えが浮かびませんで……」

「そんな簡単に思いつくもんじゃねえよ。気にするねえ。それに、よしんば金ができたところで、修復普請が間に合うもんじゃねえしな。災害をもたらせないでくださいと、今は神仏に祈るより仕方ねえだろ」

それから数日が経ち、関八州《かんはっしゅう》はどんよりとした曇が空を覆うようになった。そこから雨が降り出せば、入梅となる。

このたびの忠介は、お忍びでの江戸入りである。そういつまでも長くいられるものではない。

新規事業の良案も浮かばないまま、忠介の国帰りの日となった。

秋になり、参勤交代で江戸出仕となるまで、忠介は下野《しもつけ》鳥山で政《まつりごと》に従事する。江戸を離れるに当たり、忠介は一つだけやり残していることがあった。

「鶏に毒を盛った下手人《げしゅにん》が、まだ捕まっていねえ」

下手人が誰だか分からぬまま、国元に帰るのが忠介には心残りであった。それ以後、同様の事件は起きていないが気がかりでもある。それと、大島組の動きも不穏である。未だに、未解決なことがいくつかあった。そんな思いが、千九郎に告げられる。

「鶏小屋には、充分気を巡らせてくれ」

「警護を厳重にしてますので、ご心配なく……」

「大島組の動きも気になるしな」

「それとなく、探っておきます。ご案じなく、殿はどうかお国元のことだけ……」

「そうだな。江戸での勝負は、お預けってことにするか」

「何かありましたら、俵さんを差し向けます」

千九郎にあとは任せたと、忠介が網代笠《あじろがさ》を目深に被《かぶ》りお忍びの姿となって烏山に向かったのは、翌日のことであった。

三

梅雨明け近くに、五日つづいた雨が鬼怒川の水嵩《みずかさ》を増した。

藩主忠介をはじめとし、烏山藩全体をやきもきさせたが、氾濫に至るまでにはならなかった。

雨季が去り、夏の盛りの中で稲はたわわに実る。

「今年は豊年万作だぜ」

垂れた稲穂を、忠介はにんまりと見やった。

「おーい、お百姓さん……」

あぜ道に立つ忠介は、田の中で背中を向ける農夫に声をかけた。しかし、返事はない。害鳥に盗み食いされてはならないと、田んぼのいたるところに案山子《かかし》が立っている。

「……なんでい、案山子か」

呟きながら苦笑いを浮かべ、忠介はそののどかさを満喫していた。

毎年気になる雷雨も、平年並みの雨量であった。

一つだけ気がかりなのは、夏から秋にかけて来る野分《のわき》である。忠介が藩主になってすぐ、野分が鳥山を襲い土手が決壊して甚大な被害をおよぼしたことがあった。それがまだ、忠介の心の中で深い傷となって残っている。

「今年さえ、でかいのが来なければ……」

秋になり、稲は刈り獲りの時期を迎えた。そして、今や鳥山藩の名産品ともいえる大和芋は、土の中で大きく育ち収穫のときを待っている。

忠介が、参勤交代で江戸に上るのは八月の下旬、まさにその時期であった。

相変わらず質素な行列で、忠介は江戸入りをする。

翌日はすぐに、朔日《さくじつ》の月次《つきなみ》登城の日であった。

お忍びで来てから、およそ三月《みつき》後の江戸入りであった。

今回は、堂々と正面切って上屋敷へと向かう。衣装も、網代笠を被った商人の形《なり》ではない。さほど上等とはいえないが、絹糸仕立ての羽織袴で、それなりに大名としての体裁を保っている。

　上屋敷では、大勢の家臣たちに出迎えられた。三月前に、お忍びで下屋敷に入ったときは、子飼いの家臣からも泥棒呼ばわりされ、それは寂しい限りであった。

　目的が違うとすれば仕方ない。しかし、どちらかといえば忠介は、下屋敷のほうに飛んで行きたい衝動に駆られていた。

　この三月《みつき》のことが気にかかる。忠介の気持ちは商いのほうに向いていた。

　千九郎からは、その間なんの報せもなかった。鶏毒殺の下手人も、杳《よう》として見つからない。大島組のことも、そのままになっている。

「殿、ご息災であらせられますようで、恐悦至極に存じます」

　上屋敷の御座の間で、まずは江戸家老天野俊之助《しゅんのすけ》たちからの挨拶を受けた。

「この一年、江戸藩邸は平穏無事、大過なく過ごすことができました」

　三月前に江戸に来ていたことは、家老天野には報せずにおいた。

「ご苦労であったな」

　言いながら忠介は、ぐるりと御座の間を見回した。飾りもなく、なんの変哲もない部屋は一年前とまったく同じであった。ここだけ時の流れが止まっているような、そんな錯覚に忠介はとらわれていた。

——こんなところで、燻《くすぶ》っていては駄目だ。

何よりも、新規事業のよい案が浮かんだかどうかも知りたいところだ。早く千九郎の話を聞きたかった。

「皆野千九郎はどうした？」

「大番頭《おおばんとう》の皆野ですか？　それならば、下屋敷で粉骨砕身、仕事に励んでおりますぞ。とろろごぜんのほうも、何ごともなく順調なようで……。そうでした、殿はおよそ三月前に起きた卵事件のことはご存じありませんで……？」

「ああ、そのことなら……」

下屋敷で、自分が処理に当たったと言おうとして、忠介は言葉を止めた。今さら言っても詮《せん》のないことだし、家老の顔を潰すことになる。

「国元に千九郎から報せが届いた。何やら、うまく事を処理したと書いてあったのでもう……」

千九郎を急ぎ上屋敷に呼ぶ、いい口実ができたと忠介の考えが巡った。

「そうだ、その後のことを詳しく聞きたい。すぐに、下屋敷に……」

使いを出せと言おうとしたが、途中で言葉を止めた。

藩邸に入ったときは、すでに暮六ツを過ぎたあたりであった。それから、半刻は経って夜の帳《とばり》は下りている。千九郎の話を聞きたいと思うも、夜が更けたのでは動きようがなかった。それと、明日の登城の準備もある。その夜は、旅の疲れを癒すことにした。

翌日朔日は、千代田城《ちよだじょう》への月次登城である。

大広間での将軍家斉《いえなり》との謁見を済ませ、詰所である白書院帝鑑《しろしょいんていかん》の間《ま》に戻ろうと、松の廊下を歩いていたところ背中に声をかける者があった。

「小久保殿、よろしいですかな？」

振り向くと、黒餅《こくもち》に鉄線《てっせん》の紋どころが入った大紋を着込んだ大名が立っている。

「これは、永井《ながい》殿……」

大和新庄《やまとしんじょう》藩一万石六代目藩主で、永井家宗家十代目にあたる永井信濃守《しなののかみ》直養《なおのぶ》であった。忠介もよく知る、まだ三十歳を前にした若い大名である。

文政八年に家督を継いだというから、忠介よりも三年ほど大名としては古参であった。若い分顔の血色はよく、英気が漲《みなぎ》っている。だが、眉間に一本の縦皺が寄るところは、人相としてはよくない。三白眼《さんぱくがん》に合わせ険《けん》の宿る面構えであった。他人《ひと》を射《い》すくめるような目で、忠介の顔をとらえていた。

謁見を済ませれば、あとはもう帰るだけだ。

「何か、用事でもありますかな?」

「ここでの立ち話はなんでございます。よろしければ……」

と直養が言ったところ、そこに登城した大名の世話をする茶坊主が通りかかった。

直養が茶坊主に声をかける。

「これ、すまぬ……」

「永井様、何か……?」

「小久保殿と話がしたいので、どこか空いている部屋に案内《あない》をしてくれぬか」

かしこまりましたと言って、茶坊主が先に立った。白書院とは少し離れた小部屋へと案内される。

「こちらでしたら……」

襖を開けると、六畳ほどの部屋であった。

「あまり長居は許されませんので、お早めに……」

茶坊主の言葉に、直養は小さくうなずいて見せた。

その間も、なんの用事かと忠介は訝しげな思いであった。そして、部屋の中ほどで向かい合う。茶坊主が用意してくれた、百目蠟燭《ひゃくめろうそく》の明かりで互いの表情はよくとらえられる。

「さっそくですが……」

コホンと一つ咳払いをして、直養が切り出した。

「小久保殿は、三月ほど前江戸におられませんでしたかな？」

いきなりの問いに、忠介は答に窮した。いたと言えば、直養の次の言葉が気になる。いないと言えば、嘘になる。

どうせ、どこかで見かけたのだろう。一度嘘をつくと面倒なことになりそうだ。ここは直養の真意を知ることもあり、忠介はうなずくことにした。

「おりましたが、それが何か……？」

薄ら惚けた表情で、忠介は返した。

「やはり、小久保殿でありましたか。やはり『殿様商売人』というのは、本当だったのですな」

どこで見かけたのだと、忠介の表情はますます渋面となった。

「いや、ご心配なさらず。それがしは、そのことを咎《とが》めようなどとは毛頭も思っておりませんから。三月ほど前、辻でもって何やら配っていたのを見ましてな」

——ああ、あのとき。

忠介は思い出した。

自ら率先して卵の風評を押さえようと、道行く人々に紙片を配っていた。あのとき目の前を通り過ぎた黒塗りの乗り物の中にいたのは、永井直養であったのだと。

「どうやら覚えておいでのようで……」

忠介の表情を見て、直養はニコリと不敵な笑みを浮かべた。笑うとむしろ不気味に思えてくる顔つきであった。

「あのときは、いったい何をしているのだろうと思いましたが、声はかけませんでした。小久保殿が商いに精を出しているというのは、存じておりましたからな。身形《みなり》を変えてまで、よくお励みだと感心しておりました」

「左様ですか。それで、ご用件は……？」

なかなか本音を明かさない直養に、忠介は焦《じ》れた思いで言った。

「そうそう、茶坊主からも言われてましたな。早くしろと……」

言って直養は居住まいを正した。本題に入るという仕草であった。

つられて忠介も、正座をし直す。

「実は、あれから小久保家のことをよく調べさせていただいたところ、とろろごぜんという店の総元締めをなされ、かなりの大儲け……ご無礼、ちょっと下世話なもの言いでした。言葉を変えれば財を築かれたとのこと」

「いや、それは……」

　忠介が否定をしようとするも、直養は聞かずに言葉をつづける。

「そこで、小久保殿の商才を見込み、たってのお頼みが……」

「頼みとは……？」

「わが大和新庄藩は、たった一万石の言わずと知れた貧乏領地。これといった地場《じば》の産業もありません。畑を耕そうにも、遺跡がごろごろと出土し農作物どころではありません。しかも、大和は雨が多く河川の氾濫も悩みの種。貴藩と同じ悩みを抱えておりまする。そうそう、小久保殿がなぜ商売に走ったかも、調べさせていただいてます。河川の修復工事に多大の費用がかかり、その捻出のためであると。当家は永井直勝《なおかつ》を宗祖とし……」

　直養の話は、永井家の過去となった。

　徳川譜代《ふだい》永井家は、次代尚政《なおまさ》が老中になるなどの隆盛を極めたが、百五十年ほど前の延宝《えんぽう》八年――。四代目尚長《なおなが》が、かねてから犬猿の仲であった志摩《しま》鳥羽《とば》藩主内藤和泉《ないとういずみの》守忠勝《かみただかつ》により、芝増上寺《しばぞうじょうじ》において刺殺された。世に言われれる『芝増上寺刃傷《にんじょう》事件』である。内藤家は断絶。喧嘩両成敗と、永井家にも改易《かいえき》の沙汰が下された。しかし間もなくして、尚長の弟直圓《なおみつ》が五代目の家督を継ぎ、左遷となるも一万石にて大和新庄藩主として永井宗家の再興を許された。

過去の話を延々と説く。

「当家には、そんな昔がございまして……」

忠介にとっては永井家の過去などどうでもよい話である。

「前置きはそのくらいでよろしいですから、そろそろ用件というのを……」

直養の話を制して、忠介は先を促した。

「そうでしたな、ご無礼をいたしました。そこでです……」

ようやく頼みごとが出そうだ。

小藩とはいえ、藩主が頭を下げるのである。どんな難題を吹っかけられるかと、忠介は身構える心持ちとなった。

四

一つ深呼吸をして、直養がおもむろに口にする。

「どうか当家に、商売のいろはというのをご伝授願いたい」

「伝授と申されましても、具体的にどのような？」

「小久保殿の軍師に、皆野千九郎というご家臣がおられるでしょう」

「軍師というほどたいした者ではないですが、なかなか頭の切れる男で役には立っております。その者が何か？」

今や千九郎は押しも押されぬ忠介の右腕となっているが、多少謙遜の意味を込めて言った。

「その、皆野というご家臣を……」

「いや、それはなりません」

千九郎を貸してくれという意味に取った忠介は、激しく首を振りながら先に断りを言った。

「いや、ご家臣を連れていこうとの魂胆は毛頭ございませんから、どうぞご安心を」

忠介の心境を見透かし、苦笑いを浮かべて直養が言った。

「ならば千九郎……いや、皆野に何を望みたいので？」

「相当にやり手だと聞きましてな、それがしも貴殿のように商いの軍師を傍《かたわ》らに置きたいと思うところでありまする。しかし、商いなんぞしたことは今までになく、まったくの無知でして……」

「それで先ほど、商売のいろはを伝授願いたいと申されたのですか？」

「左様で。むろん、まだ何を商うかなどとはそれは二の次。まずは、しっかりと商いのこつというものを身につけるのが先決だと。つきましては、当方の家臣に浅間勘《あさまかん》十郎《じゅうろう》という者がおりましてな。今は、馬廻り役としてそれがしの警護に当たらせておりますが、それだけの役職ではまったく惜しい男でして……」

なんとなく、言わんとしていることが忠介にも読めてきた。小さくうなずくところに、直養の言葉がつづく。

「その者を貴藩に遣《つか》わし、何卒《なにとぞ》皆野氏《うじ》から商いの勘どころというのを伝授していただきたいと、お願いする次第でありまする」

「要するに、皆野の下について教わりたいってことですな。その、浅間とかいうご家臣が……」

「浅間は算術に長《た》けてましてな。鶴亀算は難なく解き、算盤《そろばん》を使わずに空《そら》でもって三桁《けた》の乗算、除算をたちどころにするという、滅法《めっぽう》数字に強い男であります」

「ほう、算術にですか……」

「ですが何分にも、その才をうまく活用する術《すべ》がない」

「ならば、なぜに勘定方に置かぬのですか？」

馬廻り役よりよほど適材であるとは、誰でもが思うところだと忠介は言葉を添えた。

「むろん、一度はその役につかせたことがあります。だが、他人《ひと》との折り合いが悪い。性根は悪くないのですが、自分が頭がよいと思い込み、他人を見下すところがあるのですな。勘定方の組頭《くみがしら》と諍《いさか》いが絶えず、それで他人との接触の少ない馬廻り役に置いたってことです」

話を聞けば、難しそうな男である。はたして千九郎と折りが合うかどうかが気にかかるところであった。

「ですから、性根から叩き直していただきたいものと……」

今や千九郎は、新規事業を立ち上げるに大事なときである。そこに、そんな面倒そうな男をつけてよいものかどうかを忠介は迷った。

「話はやぶさかではないのですが……」

乗り気のない表情で、忠介は言った。

「でしたらこうしましょう。一度貴邸に浅間を差し向けますので、千九郎殿に目通りさせていただければ。気が合わぬようでしたら、きっぱりと当方はあきらめましょうぞ。なんですか、婚礼の見合いみたいになりましたな」

あははと声を出して笑い、直養は話を置いた。忠介に、有無をも言わせぬ言葉の付け足しであった。そこまで言われては、首は横に振れない。

「かしこまりました。千九郎に引き合わせましょう」

断るのはそれからでも遅くないと、忠介は承諾をした。

「でしたら、さっそく今日にも差し向けますので……」

「今日のきょうですか？」

「思い立ったが吉日と申しますからな、一日でも早いほうが……」

「なるほど……」

よかれと思ったことは、すぐにも手をつける忠介である。目の前にいる永井直養を見て、自分と同じ性分のもち主だと忠介は得心をする思いであった。

「ならば、よしなにお願いいたしまする」

直養から懇願された忠介は、小さくうなずき承諾の意を示した。

四半刻ほど千代田城本丸の空き部屋で永井直養と語り、忠介は藩邸へと戻った。

夕七ツごろ、浅間勘十郎を遣わすと直養は言っていた。

その半刻前に、忠介は千九郎を上屋敷へと呼んだ。およそ、三月ぶりの対面であった。

「どうだった、その後……」

千九郎の報告を待ちわびていた忠介は、体を乗り出しさっそく問うた。

「はあ、なかなか新規事業の案は思い浮かばず……」

そう簡単に思いつくものではない。苦慮に苦慮を重ねた上、身も心も衰弱しきり、頭の中の髄液を最後の一滴まで使いきり、涸れ果てたところで良案は生み出されるのだと、忠介は鷹揚《おうよう》に構えていた。

「それと、未だに鶏殺しの下手人が挙がらず……」

配下についている者たちの顔を想像すれば、千九郎の苦労も分かるというものだ。さぞかし捜査に難儀をしているものと、忠介は取った。

「それと、大島組の実態はまだ把握ができずに……」

これには幕府の大物がうしろについている。おいそれと、足を踏み入れてはならない領域である。千九郎に任せては、荷が重いだけと忠介は思っていた。

「とろろごぜんの売り上げは、さほど伸びておらず……」

江戸と国元だけが販売領域であるとすれば、出店の頭打ちは仕方がない。

販路を他藩に求め、江戸留守居役の前田勘太夫を交渉役に立てるもうまくいかないと詫びる千九郎を見て、忠介は自分が酷《こく》だと思った。

江戸を留守にしている間は、すべて千九郎に押しつけているのだ。それも、身分は最下級の家臣にである。いくら藩主の名代《みょうだい》であっても、ほとんどは目上に対して指図するのである。やりづらいのは、いかばかりであろうと千九郎の苦労を察する。

結局は、千九郎の報告に進展はなかった。三月前の、そのままであった。

ただ一つだけ朗報といえば、その後いっさい鶏卵での苦情はなかったことである。

「そのことでしたら、もう案ずることはないでしょう。卵のことは、誰も口にする者はいません」

千九郎の報告を聞き、これには忠介もほっと安堵の息を吐いた。


その夕、七ツを報せる鐘の音と合わせ、鳥山藩上屋敷を一人で訪れる者があった。

「拙者、浅間勘十郎と申す。藩主小久保忠介公にお目通りしたい」

「少々、お待ちを……」

浅間勘十郎の来訪についてはすでに聞いている門番は、上屋敷で待機する千九郎を呼びに行った。

「ここが上屋敷か。当家と違って、立派なもんだ」

唐破風《からはふ》屋根の門構えを眺めながら、勘十郎は一人ごちた。

鳥山藩の上屋敷だって、ほかと比べればたいしたことはない。だが、今や大名という体裁を保つだけの小藩の家臣からすれば、そうに見えるのであろう。

やがて、脇門が開いて千九郎が出てきた。

「浅間勘十郎殿で……？」

「いかにも。主、永井直養の命《めい》により……」

「話はうかがっております。どうぞ、中にお入りを」

「かたじけない」

これが、千九郎と勘十郎の初めての対面であった。

千九郎は、勘十郎のことは聞いて知っている。月代《さかやき》の下にあるおでこが、ずいぶんと出っ張っているというのが、見た目の印象であった。算術に長《た》けているとも聞いている。

――ずいぶんと、頭がよさそうに見える。だが、情は冷たそうだ。

千九郎が抱いた、勘十郎への第一印象であった。

今年二十四歳になる千九郎より、いく分年上のようだ。

――年長となると、ちょっとやりづらいな。

永井家からの派遣となるも、ここにいるときは千九郎の配下である。いろいろと指図しなくてはならないこともあるし、教えることもある。年上に対しては、やりづらいことだ。

表玄関に向かうまでの会話である。

「こちらに、皆野千九郎殿というお方がおられるとか……」

「それは、手前にござります」

「おお、そこもとが。それはご無礼をいたしした。して、皆野殿はおいくつですかな？」

「二十四でありまする」

「ほう、二十四歳と。ならば、拙者より二歳若いでありますな」

と口にして、勘十郎の背筋が伸びたのが、千九郎のいくぶん気になるところであった。

「わが殿から皆野殿のことは聞いておりまする。かなりの商いの遣《や》り手だと。そこで、いろいろとご伝授を賜《たまわ》りまするがよしなに……」

言われるものの、千九郎は戸惑っていた。

「いえ、手前はまだ……」

気が合いそうになければ、断ってもよいと忠介から言われている。

忠介のもとに行く間の初対面の挨拶の中で、千九郎は気持ちを決めていた。

――どうも、この手の男は……。

理屈が先に立ちそうで、千九郎としては気乗りがしない。年上というのも気疲れをしそうだ。やはり、この話は断わることにしようと。

断りは、忠介の前で言えばよい。とにかくここは、藩主に目通りということになった。

五

御座の間で、忠介が浅間勘十郎と向かい合う。

千九郎は、御座の間の下段に控えて座った。

「あんたが浅間勘十郎かい？」

忠介の問いかけに、勘十郎の首がわずかに傾いだ。言葉が大名らしくないと思ったからだ。

「はっ」

それでも深く拝礼して、忠介の問いに答えた。

「ここにいる千九郎とは、もう話をしただろう。初めて会った印象は互いにつかんでるはずだ」

控えて座る千九郎の気持ちは、すでに定まっている。

「そんなんで、これからおれが問うことに答えよ。勘十郎は算術に長けていると聞いているからな……」

一種の雇用考査のようである。

「それでは問う……」

えっへんと、一つ咳払いをして忠介からの課題が出される。

「勘十郎は、鯨《くじら》という生き物を知っているか?」

いきなり突拍子《とっぴょうし》もないことを訊かれ、勘十郎は戸惑う表情となった。

「とてつもなくでかい生き物だとは知っておりますが、本物は見たことがありません。それが、何か?」

「知っていればそれでよい。大きいものでは、丈《たけ》が三丈《じょう》もあるからな」

下段脇で聞いている千九郎は、その大きさを思いやって部屋の周りの襖を見回した。三丈は三十尺である。千九郎は幅三尺の襖を十枚数え、鯨の大きさを思い知った。自分に出された問いでないので、思いは口に出さず黙ってその先を聞く。

「それでは、沖醬蝦《おきあみ》というのを知っておるか？」

「海老《えび》の小さいのでありますか？」

「さすが、よく知っておるな」

「はっ、それくらいは……」

簡単な問題だと、勘十郎はほっと安堵したようだ。訝しげな顔をしているのは、千九郎である。なぜに忠介が、こんな問いをという思いからであった。

「その沖醬蝦というのはずっと南の寒いところにたくさんいてな、それはそれは小さな生き物だ。一寸か大きくても二寸ほどしかねえ」

言いながら忠介は、指でもって一寸ほどの長さを示した。

——南のほうは暖かいだろうに。

千九郎の知識といえば、そのくらいである。さらに南に行けば極寒とまでは知らない。

殿はどこでそんな知識を得たのだろうと、千九郎は忠介の背中を見ながら思っていた。

「大きな鯨が、そんな小さな沖醬蝦を主食としているのだが、ここで勘十郎は何か思わねえか？」

　思わねえかと問われても、勘十郎にはなんとも答えようがない。どうでもいい話だと思ったからだ。しかし、試されているとなると、何か答えなくてはならない。鳥山藩に取り入ることは、藩主直養の厳命であった。

「一日にどれほどの量を食すのか、気になりました」

「だよな。おれも、そう思った」

　一応は答えられたと、勘十郎はほっと一息ついたようだ。

「そこで、本題なのだが……」

　言いながら、忠介は居住まいを正した。

「それでは、問う」

「はっ」

　どんな問題が出るのかと、勘十郎の額にジワリと汗が浮かんだ。出される忠介の問いに、部外者である千九郎も緊張する。

「鯨が一日で沖醤蝦を食す量だが、およそ二百七十貫といわれている。一匁《もんめ》の秤に十一匹乗るとして、さて鯨は一日に何匹の沖醤蝦を食うことになるか、即座に答えよ」

どれほど勘十郎が計算高いかを、考査する問題であった。

膝の上に置かれた、勘十郎の右手の指がさかんに動いている。算盤の珠《たま》を弾いているような素振りであった。

とても自分では敵《かな》わぬ問題だと、千九郎はとうにあきらめている。元は勘定方に属していたとはいえ、算盤の珠は弾いたことがない。もしこれが解けたら、多少は気にくわないところがあっても我慢しようと思った。

忠介と千九郎が、固唾《かたず》を呑もうとする間もなかった。

「できました」

勘十郎の顔が、忠介に向いた。

「ほう、もうできたか。ならば、答えてみよ」

「およそ二百九十七万匹でございます」

「御明算！　およそとつけたところが、さすがだ」

正解だったと、ほっと安堵する勘十郎の息が千九郎にも聞こえてきた。

「見事であるぞ、勘十郎」

ひとしきり勘十郎を褒めたあと、忠介はうしろに控える千九郎に声をかけた。

「どうだ、千九郎。この勘十郎を召し抱えてみるか？」

「はあ……」

「どうした、千九郎。あまり浮かぬようだな」

「あまりの計算の早さに戸惑っております。手前など、とても太刀打ちできません。配下に置くことなどとてもとても……」

「できねえってのか？」

「自分は、さほどの器ではありません。まあ、そういうことで……」

「千九郎。算術には長けているが、それだけの男のようだ。人の機微《きび》を感じ取るまでの度量はないな」

小さな声で千九郎に話しかけるも、勘十郎の耳には充分届くほどの声音である。千九郎は勘十郎に目を向けると、眉根一つ動かさずに前を見据えている。忠介の言ったことが気にならないのか、能面のように感情の起伏がまったくなさそうな表情である。なんとなく、忠介の言うことが分かる気がした。

「殿は、どこで性分を見抜きましたか？」

「面《つら》とか、話し振りなんかでもって人の奥底までは計れはしねえさ。おれは、算術よりもっと大事な問いを仕掛けた。それがどこだか分かるか？」

問いが千九郎に振られる。千九郎は、自分が試されているような心持ちとなった。

禅問答のような問いに、千九郎は考えを巡らせた。これまでの忠介の言葉を思い浮かべる。すると、もう一つ問いが発せられていたことに気づいた。『――大きな鯨が、そんな小さな沖醤蝦を主食としているのだが、ここで勘十郎は何か思わねえか？』と言った件《くだり》だ。

そんなことかと思いながら千九郎が考えるも、たいして大事と思えるほどの問いではなかった。だが、ほかにはない。しかし、意地でも分からないとは言えない。

ここで千九郎は、部屋の襖をもう一度見回した。襖十枚三丈は途轍《とてつ》もなくでかい。

「……なるほど」

千九郎は閃《ひらめ》くものを感じた。

「殿がお考えになられるのは、こういうことでは……」

「ほう、千九郎には分かったか？」

「鯨を国に喩《たと》えれば、沖醤蝦は家臣や領民だと。一人一人は小さくても、それがまとまれば途轍もなくでかいものを動かせる。言葉ではうまく表せませんが、おそらくそんなことかと」

「そうだ。さすが千九郎、よく気がついたな。一言でいえば、人は国の原動力ってことだな。家臣や領民をないがしろにしていては、国はもたないということだ。だが、もう一つ意味が込められている。どうだ、もう一つってのも、勘十郎には分かるか?」

新たな問いが、勘十郎に向けられた。算術のことなら即座に答えられるが、禅問答のようなものには弱い。考える猶予を与え、しばらく待つも勘十郎からの答はなかった。

「申しわけございません……」

できなかったと、勘十郎は畳に伏せた。

「謝ることなんかねえよ。人ってのには誰でも得意不得意ってのがあらぁな。答が見つからなくたって、自分を卑下《ひげ》することなんかねえ。勘十郎は、さっきの算術をたちどころに解いた。それだけの才があれば、申し分がねえってことだ。ここにいる千九郎なんて、端《はな》から上《うわ》の空だったみてえだからな」

「はっ、ちっとも分かりませんでした」

大きくうなずく姿を、千九郎は勘十郎に向けて見せた。

「だったら、千九郎には今の問いが分かったか?」

「はっ。殿がお考えのもう一つの意味といいますのは、商いに通じることかと……」

「ほう、商いとはどんなことだ?」

二人の掛け合いを、勘十郎は黙って聞いている。その顔はもう無表情ではなく、何かを得ようとの生気が宿っていた。

「鯨が商店だとすれば、沖醤蝦は銭金に喩えられるかと。より多くの沖醤蝦を摂取することができなければ、鯨も生きてはいけないってことでありましょうか」

「そのとおりだ」

千九郎の答に、忠介はうなずいた。そして、言葉をつづける。

「商いの原点は、いかに利を産むかということだ。儲けるということは、けして不遜なことじゃねえ。しかし、そこをはき違えて利ばかりを追いかけようとする輩もいる。それじゃあ、駄目だ。鯨だって図体ばかりでかくなり、威張り散らしているようじゃおしめえよ。鯨に食われた沖醤蝦の命を、うまく活かすことを考えるのが本当の商いってもんだ」

「まったく然《しか》り。さすが、殿でございます」

鯨と沖醤蝦に喩えた忠介の言葉は、千九郎に思った以上に奥深いものを感じさせた。

「まさに、沖醤蝦論と言ってもよろしゅうございますね。殿が考え出されたのですか？」

誰かの受け売りではないかと、千九郎は疑いの目を向けた。

「そんな理屈、ほかに誰が考える？」

「いや、たいしたものです」

「そんなに褒められたもんじゃねえよ。口じゃ偉そうに言っても、なかなか鯨にはなりきれねえからな」

「そんなことはございません」

　口を出したのは、勘十郎であった。見ると畳に額をつけて拝している。

「どうした、勘十郎？　話があるなら、頭を上げねえかい」

「殿と皆野殿の話を聞いておりまして、いかに己が小者かと感じ取りました。どうか、身共に商いのいろはをご伝授くださりませ。わが主の命《めい》を受けてこちらに来ましたが、今は自らの意志で学びたく存じまする。なにとぞ……」

　言って勘十郎は、再び畳に拝した。

「そうか、ならば一緒にやってみるかい。こっちのやり方を盗んで、大和新庄藩の民が潤えばこんないいことはねえからな」

「盗むなどと……」

「言葉のあやだ。固く考えることはねえさ。それに、こっちだって勘十郎の計算早いところをいただきてえしな。互いにいいところをもち合えば、この先もなんとかならあな」

益々懐が深くなると、千九郎は忠介の背中を見て感じ取っていた。

――あと足りないのは、運気だけだな。

どうも肝心なところで足元をすくわれる。それを千九郎は、忠介の運のなさと取っていた。金は巡り回るものだが、運気は自ら手繰《たぐ》り寄せるもの。

運否天賦《うんぷてんぷ》の世の常を謳歌するのも一興と、千九郎は、今は運のない忠介にいつまでも乗っかっていこうと、改めて思うところであった。

六

かくして勘十郎は、いっときの条件で千九郎の配下となった。

今、一番早急に手を下さなくてならないのは、新規事業の開拓である。それを捻り出すのが、千九郎と勘十郎に与えられた使命であった。

とろろごぜんのほうは、千九郎がいなくても動いている。鶏殺しの下手人捜しは頓《とん》挫《ざ》しているようだが、警備を厳しくしているのでその後、同様の事件は起こっていない。千九郎は新規事業の発案に、全力を注ぐことができた。

しかし、なんの案も見い出せないまま十日ほどが過ぎた。

新規事業を開拓するに当たり、絶対条件が出されていた。

急ぐことと、利を多く産むこと——。

商いを仕掛ける上で、一番に難儀とするもあたり前な目標である。

「……そんなにうまい儲け話なんて、この世の中にあるのかい？　あったら、みんなやってるよな」

どれほど考えても、その糸口すら見つからぬ千九郎は、勘十郎を前にしてふと小声で愚痴ばしった。それが勘十郎の耳に入った。

「悪いことでもしない限り、それは無理でしょうねえ」

「勘十郎さん、殿の前では無理って言葉は使うな。一番嫌いな言葉だからな。できないのなら、最初からきっぱりできないと言ったほうがまだましだ」

年下でも、けじめとばかり千九郎は上司らしい言葉を使った。ただし、名には敬称をつけた。

「分かりました。となると、千九郎さんは最初から断らなかったのは、できると思ってのことでしょうか？」

年上でも、勘十郎は千九郎を上司として敬う。

「ああ、そうだ。端《はな》からあきらめてちゃ、とても大番頭なんて務まらないからな。この産みの苦しみってのが、やってて堪らなく面白い」

「身共も分かるような気がします」

「勘十郎さん、商人であるなら身共はどうも……手前とか、私とか言ったほうがよろしいのでは」

どうでもいいことでも、けじめから教えなくてはならないと口にする。

「かしこまりました。これからは、そういうことで……」

「ところで、勘十郎さんはどうです。いい案がありましたかね？」

「いい案かどうかともかくとして、こんな話はいかがですか？」

「どんな話だい？　聞いてみないと分からないな」

「算術の仕方に、鼠算《ねずみざん》というのがありますが知ってますか」

「鼠算……？」

千九郎にとって、初めて聞く言葉であった。ここでも知識のなさを感じ、自らを苛《さいな》む。

「要するに、睦月《むつき》につがいの鼠が十二匹の子を産みそれが育ち、如月《きさらぎ》にその親子十四匹の七つがいが子を十二匹ずつ産んで、親子と合わせて九十八匹になります。弥生《やよい》になるとその九十八匹がそれぞれ十二匹産むと一年で、はあ……」

勘十郎はため息を吐いて、一呼吸おいた。

「二百七十六億八千二百五十七万四千四百二匹ってことになります」

一度聞いただけでは、その数は覚えられない。というよりも、千九郎には億以上の単位は概念の中になかった。

「この計算方法は、実は受け売りでして。その昔吉田光由《よしだみつよし》という和算《わさん》学者が編み出したもので『塵劫記《じんこうき》』という書物に記されています。倍々よりも、遥かに大きな数となりますな」

ここで勘十郎は、ふと不敵な笑いを浮かべたが、千九郎の目は別のほうを向いていた。

「そこでです……」

勘十郎が、居住まいを正して千九郎を正面に向かせた。

「何か、よい案が浮かんだか？」

「今まで手前が考えてきたことなのですが……」

「ほう。いったいどんな案だ？」

「子が子を産むという商いです」

「子が子を……要するに、どういうことだ？」

「まずは、売るものを作ります。それはなんでもよろしいかと……例えば烏山藩名産の大和芋でもいい」

「大和芋を売るだと？」

「実際に物《ぶつ》は動かしませんから、ものはなんでもいいんです。大根でも、人参でも。農作物でなくてもかまいません」

想像がつかず、千九郎はただ首を傾《かし》げるばかりである。

「ですから、ここでは大和芋がよいと思います」

「分かった、大和芋としよう。それで……？」

「大和芋を十本一口にして一分《ぶ》で買ってもらい、その人に権利が与えられます。そのとき、実際に相手に渡すのは大和芋でなく十本分の買取権利書です。ここまで分かりましたか？」

だんだんとややこしくなりそうなので、聞き漏らしたら理解が不能となる。千九郎は後《おく》れを取るまいと、真剣に耳を傾けた。

「ああ、分かった。一分で十本とはまた高いな」

「そこが、この商いの妙なのです。大和芋の買取権利書という紙が動くだけですから。

最初に一分払い買取権利書を買った人は、親となって子を十人産みます。その子がさらに十人の子を産む。最初の親は十人の子供に百人の孫ができるという勘定です。ここまで、分かりますか？」

「まあなんとか……」

算術が得意な者の理屈で、数字がやたらよく出てくる。ややこしくもあるが、鼠算を考えればどうにか理解できた。

「ここまでで、一人の親はおよそ二十八両生み出す計算になります」

「たった、二十八両か……」

大したことはないと、千九郎は不満げな顔となった。

「金額はともかくとして、とりあえず数だけを考えてください。孫の百人が、またそれぞれ十人の子を作ったとしたら、何人になります？」

「千人……」

「その千人が、またまた十人産むと……？」

「一万人……それだって、二千八百両」

四分で一両の計算なら、千九郎だって空《そら》でできる。まだ、顔は不満そうであった。

「単純に考えれば、そうでありましょう。ですが、勧進元《かんじんもと》となる鳥山藩が話をかけるのは一人か二人ってことはないでしょう。少なくとも、最初に三十人の親を作ってくださいな。それだけ集めるのでしたら簡単でしょう。それぞれの親が玄孫《やしゃご》まで作ると、ざっと八万四千両……何か、ご質問は？」

どうだと言わんばかりに、勘十郎が胸を反らす。

額だけ聞けばたしかにうまい話である。だが、そこにはたくさんの落とし穴が空いてるような気がして、千九郎は眉に唾をつける思いとなった。

「大和芋十本分が一分の、買取権利書がそんなに簡単に売れるかね？」

「別に、大和芋そのものを売るのでないのですから、そこは忘れてください」

「うーむ、忘れた」

とは言っても、大和芋の手のひらの形は千九郎の頭の中にこびりついている。

「鳥山藩の取り分としては、一万五千両あればよろしいのでしょ？」

「それだけできれば、充分だ」

「親は、百人の孫まで作って十両を得る権利が与えられることにするといかがですかな？　孫まで集めた二十八両のうち十両を、その還元の原資にあてるのです。一分の元手が十両にもなるのですぞ」

一人頭一分の元金で、十両が戻ってくる。二両あれば、町人ならば一月《ひとつき》は暮らしていける額である。悪い話ではなかろう。聞けば、飛びつくはずだ。

だが、千九郎にはまだ引っかかるところがあるも、その落とし穴がどこにあるかまでは気づいていない。

勘十郎が、話に上乗せさせる。

「そうなると、勧進元に入るのは、一万五千両どころではありませんぞ」

言って勘十郎は、膝の上で指を動かした。

「なんと、取り分は二万六千七百……」

勘十郎の声は、震えを帯びている。

「いかがです、千九郎さん。細かな取り決めはあとのこととして、まずは殿のご意見をうかがってみては……」

「そうだな。殿がはたしてなんと言うか……？」

うまい儲け話であるも、千九郎の口調が引き気味となった。

「こと早く儲けるという条件を達成するには、このやり方が一番だと思いますがね」

おでこの出っ張りに聡明さを感じるも、にやりと笑う表情に勘十郎の冷たさを感じる。人間として、どうしても好きになれない千九郎であった。

数字ばかりが羅列され頭が混乱するも、千九郎は藩主忠介にこの案を打診することにした。

七

それから三日後、忠介を前にして、今度は千九郎と勘十郎が並んで座る。

「殿、新規事業の案がまとまりました」

「ほう、早かったな」

「これをご覧ください」

丸二日をかけて、計画書を作成した。千九郎は、その原案の綴りを忠介の膝元に差し出した。

『鼠算式事業案』と表紙には書かれてあった。

「すべて、勘十郎殿の案でござりまする」

と、一言添える。

「そうか。どれ……」

十枚ほど重ねられた草紙紙《そうしがみ》の、片側が細紐で閉じられている。忠介は一枚目を、おもむろにめくった。

細かな筆文字で、びっしりと書き込まれている。勘十郎の手書きであった。

見出しに『概要』とある。二枚にわたって書かれてあるも、最初の一行を読んであとは飛ばした。ただ長々と能書きが羅列してあるだけと、忠介は感じたからだ。

次に『事業展開』と書かれてある。事業の、主題となる部分である。細かく事業の内容が五枚にわたっている。やたらと数の多い文章であった。ざっと目を通す忠介は、その数字が表す意味を理解ができずに丁をめくった。

そして『売上見込』と書かれ、目標売上が七万五千両という数が、真っ先に忠介の目に入った。そんなに見込まれるのかと、忠介はそのあたりを重視して読む。その内の、二万六千両は鳥山藩の取り分とあり、忠介は充分とばかりにうなずいた。

最後に『まとめ』と書かれ、表題だけを読んで綴りを閉じた。

「……いかがでしたかな？」

よくできたと、忠介の褒め言葉を期待して、勘十郎は拝礼する準備をした。畳に手をつく勘十郎に向けて、忠介がおもむろに口にする。

「こんなんじゃ、なんだか分からねえな。ただやたらに字が小さくて、数ばかりが目立つ文章だ。要するに、何が言いてえ？」

せっかく作った計画書を邪険《じゃけん》に言われ、勘十郎は気の塞ぐ思いとなった。

「ある程度、口でもって説いてくれなきゃ、さっぱり頭が回らねえ」

ならばとばかり、勘十郎は補足の説明をしながら、事業案を詳しく口で示す。

「なるほど、おもしれえじゃねえか。一丁、やってみるかい」

忠介は乗り気となった。

「殿……」

あまりにも早い決断に、千九郎の顔は渋面となった。

「どうした、千九郎。何か言いてえことがあるのか？」

「よい案かと思いますが、もう少しお考えになったほうがよろしいかと……」

「千九郎がよい案だと思えばいいじゃねえか。そう思って、おれのところにもってきたんだろう？」

「ですが、この案には欠陥が……」

あると言っても、具体的にどこだとの答は見い出してなかった。

「欠陥だと。いってえどこだ？」

「はあ、それが……」

話していいものかどうかと、千九郎が口ごもる。

「千九郎らしくねえな。そのぐれえ分かってて、口にするんじゃねえのかい。脇で、勘十郎が臭《くせ》え面《つら》をしているぜ」

目を向けると、勘十郎の口がへの字に曲がっている。

「いずれにしたって、元手を少なくして儲けようってからには、このぐれえのことをやらなくちゃいけねえだろう。何かあったらけつはおれが拭くんだ。かまわねえからやっちまえ。あとは千九郎と、勘十郎に任す」

「はっ」

それでもまだ気が乗らぬか、千九郎の返事は短い。

自らの案が通って喜んだか、勘十郎は飛び出したおでこを畳につけて拝した。

「ははぁー」

「いいから面を上げな」

体を戻した勘十郎の、おでこに畳の筋跡がくっきりと残っている。

「よし。遊んでいる家臣はいくらでもいる。そいつらを遠慮なく使って、さっそく明日からはじめな」

暮《くれ》六ツの鐘が鳴るころとなっている。

「かしこまりました」

二人は声をそろえて言うと、腰を浮かした。

「千九郎には話があるんで、もう少しここに残れ」

「はっ」

浮かした腰を千九郎は元に戻す。勘十郎は立ち上がり、一礼を残して部屋から出ていった。


忠介が苦笑いをしている。

「ずいぶんと、大そうなことを思いつきやがったな」

「えっ？」

忠介の言葉に含みがあると取った千九郎は、思わず問い返した。

「千九郎ともあろう者が、この商いの仕掛けが分からねえのか？」

「あまり聞き覚えのない商いでして……」

「鼠算式に子が増えてって、最後はどうなると思う？」

「あっ、そうか！」

千九郎の頭の中でもやもやしていたことを、忠介はとうに見抜いていた。

「四代目の親まではいいだろう。やばいのはそのあとだ。玄孫まで行ったら、その先に子ができるほど江戸には人はいねえよ。たちまち破綻《はたん》をきたすのが目に見えている。

だったら大和芋で返せばいいというが、それで誰が得心する？　そんとき人ってのは欲深《ふけ》えもんで、一分を盗られたってだけじゃなく、十両を損したと考えるもんだ。必ず、十両返せって言ってくる。それができなきゃ、騙《かた》りだとな」

忠介の理屈は利に適《かな》っていると、千九郎も得心をする。

「でしたら殿は、なぜにこの案に賛同したのですか？」

「千九郎は、勘十郎に何か感じなかったか？」

「最初からあまり、好感がもてる相手ではないと……」

「だったら、この案に乗った振りをして相手の様子を探れ」

忠介が前屈みとなって、千九郎に小声で指示する。

「いったい、どういうことでしょう？」

「きのう、本家に行ってきてな……」

本家は小田原藩の小久保家である。今は老中の役職にある藩主小久保忠真《ただざね》のもとを訪ねたという。

「すると、思わぬことが分かった。大和新庄藩主永井直養の話をしたら、急に眉を顰《ひそ》めてな、こう言うのだ。『――ちょっと気をつけたほうがいいぞ』とな。どうやら老中水野に取り入るため、いろいろと画策しているらしい」

「となりますと、この鼠算式事業案は……」

「こっちを陥《おとしい》れる腹積もりと取っていいだろ。水野の傘下に入るには、小久保家を潰せっていう条件でも出されたのだろうよ。おそらく……」

そこまでは忠介もきっぱりと断定はできない。しかし、千九郎は大きくうなずきを見せた。

「それにしても、水野の執着は尋常ではないですね」

「ああ、しつこいったらありゃしねえ。三河以来の確執だけにしては、ちょっとばかりおかしい。もっと深い理由《わけ》があるんじゃねえかと思ってな、本家に訊いてみたんだ。するってえと……」

老中水野忠成《ただあきら》が、三河以来反目し合っていたというだけで、小久保家を貶《おとし》めようとするには執念深すぎる。それには、ほかにいくつかの理由があることが明かされる。忠成の父は老中であった水野忠友《ただとも》である。その忠友は、田沼意次《たぬまおきつぐ》の盟友であった。賄賂を是認する金権政治の系図は忠成にも受け継がれていた。化政文化と呼ばれる華やかなりし世である文政元年、忠成と小久保忠真はほぼ同時に老中となった。小久保忠真を老中に推挙したのは、田沼を引きずりおろした松平定信《まつだいらさだのぶ》である。

「そんな恨みが、一点としてあったのだな」

語り疲れたか、フーッと息を吐いて忠介は一呼吸おいた。

「ずいぶんと根深いものですね」

「それに加えてだ、まだまだあるぜ」

再び忠介が語り出す。

金に執着する水野とは対照的に、忠真は質素である。その背景には小田原藩の財政窮乏もあった。そのため、水野の金権政治に、忠真は真っ向から反発をしていた。


さらにもう一つ、二人の間には生臭い話があった。

水野忠成には、小久保忠真に女を寝取られたという憎い辛みがある。小久保忠真の正室は、徳島《とくしま》藩主蜂須賀治昭《はちすかはるあき》の娘で典姫《のりひめ》という。絶世の美女とうたわれ、忠成も密かに狙っていたが先を越されたのであった。

「女を寝取られることほど、男にとって悔しいことはねえからな」

忠介は、下世話な言葉で一言添えた。

「それらの恨みが、水野の中に積み重なっているのであろうよ。だが、老中同士が面と向かってやり合っては、こいつはまずいからな。そんなんで……」

小久保家失脚を狙う水野の槍の穂先は、分家である小久保忠介に向けられていた。

「鳥山藩小久保家を改易させ、はたまた忠介が運営する商いまで根こそぎ搾取《さくしゅ》しようというのが、水野の狙いってことよ。これまでは、腹心の大目付小笠原重利《おがさわらしげとし》を手向かわせていたが、いつも既《すんで》のところで躱《かわ》された。小笠原では首尾が叶わず業《ごう》を煮やした水野は、代わりに永井直養をけしかけたのだろうと、本家では言ってた」

「鳥山藩を潰す恩賞として……」

「永井直養が、おれと替わって藩主に納まるのだろうよ。大和新庄一万石の藩主で燻《くすぶ》っているより、大変な出世だ。なんせ、関八州の要所であるからな」

忠介の考えていることが、千九郎にも充分伝わることができた。

「そうなりますと、新規事業のほうは……？」

「それどころじゃねえだろ。その前に、降りかかる火の粉を追い払わねえとな。それと、敵は永井のほかにもあるぜ」

「大島組のことですか？」

「そうだ。だが、相手はそんな小者じゃねえ。うしろに普請奉行がいて、さらにそのうしろに……」

「老中の水野が暗躍してると……」

「そういうこった。ここまでくれば、鶏を殺したのもそんな筋だと思いが至るぜ」

「ですが、そうなりますと、こっちに儲けるだけ儲けさせ、あとでごっそりという水野の目論見《もくろみ》と……」

反するのではないかと、千九郎は言う。

「いや、もう金なんて目当てじゃねえ。水野は本気になって、小久保家を潰しにかかってきてるってことだ」

小久保忠介を魔の手が襲う。忠介は、自然災害のほかに、老中水野忠成が差し向けた敵とも戦わざるをえなくなってきていた。

第四章　蜥蜴《とかげ》のしっぽ斬り

一

敵として頭に置き、同士として振舞う。

勘十郎との接し方を、千九郎は考えていた。御用部屋に戻り大の字に寝そべると、手枕をして天井板の節穴を見やった。

「……いかにして相手の策略に、嵌《はま》った振りをするか」

考えがまとまらない。次第に苛《いら》つきを感じてきた千九郎は、立ち上がると商人の格好に着替えた。

「ちょっと、気分転換だ」

日が落ちたとはいえ、外はまだ明るい。四半刻《しはんとき》も歩けば、下屋敷に着く。一日中肩肘の張った奴と一緒いると肩が凝る。松尾《まつお》や大原《おおはら》など、下屋敷にいる面々が懐かしくなった。

職人や業者が出入りする裏戸を開けて、千九郎は上屋敷を抜け出した。

屋敷を囲む長屋塀沿いの路地から、表通りに出る辻を千九郎は曲がった。すると、正門から少し離れたところに、二人の人影がある。誰ともなしに、千九郎の目に入った。三十間ほど離れているので、その場では顔の判断がつかない。

話をしながら向かってくる。

十五間ほどに近づいたところであった。

「……あれは？」

その一人は知る顔であり、千九郎は咄嗟に道はしに立つ欅《けやき》の幹に身を隠した。

「……勘十郎」

一人は浅間勘十郎であり、もう一人の顔には見覚えがない。武士の格好をしているからには、大和新庄藩の家臣であろうか。勘十郎と同じ齢ほどに見える。勘十郎のほうは、千九郎に気づいていない。それほど話に夢中になっていた。

欅の前を通り過ぎる。千九郎はその陰から二人の声を拾った。

「……ありがたい。恩にきまする」

は、武士のほうの言葉。

「……あとは、よしなに」

は、勘十郎の言葉。

むろん千九郎には、その意味の含むところが分からない。しかし千九郎には、二人の言葉遣いが引っかかった。

――同じ藩の者同士なら、恩にきまするなんて言葉を使うか？使ったとしても、やはり不自然な響きだ。しかも、勘十郎は馬廻り役と聞いている。地位でいえば下級武士の部類に入る。

やがて二人は、上屋敷の塀が途切れたところで立ち止まった。そこで二言、三言交わしてから勘十郎は、千九郎が出てきた路地へと入っていった。

千九郎は気が変わり、下屋敷とは反対の方向へと動き出した。

十五間ほどの間をもち、侍のあとを尾《つ》ける。その行き先が、鳥山藩にとって大きな意味をもつと千九郎の勘が働いた。

紺色の羽織に鼠色の平袴は、地味な色合いである。同じ着姿の武士は江戸中いたるところで見かける。しばらく武家屋敷がつづく道を、千九郎は見失わないようにあとを尾けた。

三味線堀《しゃみせんぼり》を過ぎて、侍の行く先は西に向いている。鳥山藩上屋敷から、およそ十町歩いたところで、町屋の様相となった。下谷長者町《したやちょうじゃまち》から寛永寺御成道《かんえいじおなりみち》を横切り、さらに西へと向かう。それから二町も歩いたところで、道は長屋塀につき当たった。さほど敷地は広くないが、構えは大名の上屋敷に見える。

神田明神《かんだみょうじん》の北側にあたり、界隈《かいわい》は明神下と呼ばれるところだ。

屋敷の塀に沿っていくと、唐破風屋根の正門がある。侍は、あたりの様子をうかがいながら、脇門から屋敷内へと入っていった。

その様子を、千九郎は遠目で見ていた。

「どこの屋敷だ？」

正門に表札は掲げていない。入っていった侍は、ここの家臣であることは間違いない。ただ一つ千九郎が知るのは、大和新庄藩永井家の上屋敷ではないということだ。

「……永井家上屋敷は四谷《よつや》の先にあると聞いている」

ずいぶん遠いところから来たものだと、千九郎は勘十郎から聞いて思ったものだ。

とりあえず、この屋敷の名だけ知れればよい。暮六ツも過ぎ、あたりは暗くなってきている。屋敷の南側は、町人が住む町屋である。千九郎は空腹を覚え、居酒屋の暖《の》簾《れん》を潜《くぐ》った。

「いらっしゃいませー」

神田娘の黄色い声が千九郎にかかった。客は職人風の男ばかりで混み合っていた。

「相席でもよろしいですか？」

「相手がかまわなければ、手前はいいよ」

四人掛けの卓に、向かい合って職人が二人座って話を交わしている。

「こちらのお客さん、よろしいですか？」

娘が職人に話しかけた。

「ああ、かまわねえよ」

娘に返事をしてから、職人たちは再び話しはじめた。

「失礼しますよ」

と断り、千九郎は職人の隣に座った。話に夢中になり、返事はない。店の娘に酒と肴の注文を出し、千九郎は配膳を待った。

聞くとはなしに、職人同士の話が聞こえて来る。他人に聞かれてもかまわずとばかり、話の声音は落ちるものではなかった。独り考えに耽《ふけ》るに邪魔な声であったが、この手の場所では仕方がない。

千九郎は、娘が近寄ってくるのを待った。誰の屋敷かを訊こうと思ったからだ。しかし、混み合う客を一人で相手にしている。配膳の遅さに所在なさげにしていると、隣にいる職人たちの話の中に気になる一言があった。

「……一分が十両にか？」

それまでは、雑音としか聞こえていなかった話であったが、その一言で千九郎は耳を傾けざるを得なくなった。

顔はそっぽを向き、耳だけを傾ける。

「ずいぶんと面白そうな話じゃねえか。いってえ、どういうことだい？」

「親方から聞いた話なんで、おれもよくは知らねえんだが。出入りする内藤様のところで、そんなことをはじめるって聞いたらしい」

職人が着ている半纏を見ると、襟に『植松』と印されている。植木職人のようだ。

「どんな仕掛けかまだ詳しく分からねえが、どうだ、はじまったらおめえも一口《ひとくち》乗るか？」

「ああ、一分が十両になるんだったら出してもかまわねえよ。それにしても、ずいぶんとうめえ話だな」

「ところで、明日の現場だけどな……」

話が切り替わり、千九郎は職人たちの口から耳をどけた。

もし職人たちの言っていることが、これからはじめる鼠算式事業と同じものであったら——。

千九郎の頭の中は混乱をきたした。

「おまちどおさま……」

店の娘が、注文したものを配膳してきた。このとき千九郎は娘に問うのを止めた。職人たちの話の中に『内藤様』とあったからだ。尾けた相手が、入った屋敷の主だと思える。やがて職人二人が立ち上がり、勘定を済ませて帰っていった。客もまばらとなり、娘と話がしやすくなった。酒と小料理で腹を満たした千九郎は、そろそろ屋敷に戻ろうと腰を上げた。

「勘定してくれませんか」

商人らしく、丁寧な言葉で娘に話しかけた。

「毎度。一朱と二十文になります」

巾着《きんちゃく》袋《ぶくろ》から銭を取り出し、娘に支払った直後に千九郎は問いかけた。銭金を受け取るときは、誰でも機嫌がよくなる。

「あのお屋敷でしたら、信濃岩村田《いわむらた》藩内藤豊後守《ぶんごのかみ》正縄《まさつな》様の江戸藩邸であります」

すらすらと、ご丁寧に官位名までつけてくれた。千九郎は、頭の中にその名を叩き込むと居酒屋をあとにした。

とっぷりと日は暮れている。提灯《ちょうちん》をもたずに歩くには、月の明かりだけが頼りであった。幸いにも、その夜は満月に近い十三夜《じゅうさんや》である。陰に入らなければ、道に空いた穴ぐらいは避けることができた。

千九郎はもと来た道を戻り、内藤家の上屋敷の門前に立った。正門と脇門は固く閉ざされ、人の出入りはない。

来たときと帰るときで、これほど屋敷の構えが違って見えたことはない。千九郎には、建屋が歪んで見えていた。

「いったいどういうことだ？」

職人たちの話を聞いてから、千九郎の頭の中でずっと渦巻いている、解けぬ難題に、千九郎は思わず独《ひと》りごちた。

二

大和新庄藩家臣の勘十郎が、信濃岩村田藩内藤家と関わりをもっていた。

これから鳥山藩が行おうとしている鼠算式事業を、すでに岩村田藩が仕掛けている。しかも、職人たちの話では、鳥山藩よりもかなりことが進展しているとうかがえる。

忠介から話を聞いていた鳥山藩を貶《おとし》める策謀としては、どうも仕掛け方が変である。直《じか》に勘十郎に問い質《ただ》そうと考えるも、それはしばらく押し留めることにした。勘十郎自身を、もっと探ってみようと思ったからだ。それに、藩主忠介の考えも知りたかった。

上屋敷に戻った千九郎は、そんなことに頭が回り、その夜は寝つかれずに朝を迎えた。

忠介の耳に入れるのが先決と、千九郎は朝が来るのを待ち焦がれていた。

朝五ツが過ぎ、日は高く昇っている。忠介が起きたころを見計らって、千九郎は目通りを請うつもりであった。

上屋敷の御用部屋の一室が、千九郎の居間として与えられている。藩内でも重鎮の待遇であった。

寝巻きから商人用の身形《みなり》に整え、部屋を出ようとしたところであった。

「よろしいですか？」

襖越しにかかる声は、勘十郎のものであった。

一瞬どうしようか考えたものの、千九郎の返事はうなずくほうに向いた。

「ああ、いいよ」

千九郎は部屋の中ほどに座って、勘十郎が入るのを待った。

失礼しますと言って襖を開けた勘十郎の顔が、きのうとはうって変わった別人の面相となって千九郎には見えた。

千九郎が、今一番やらねばならないことは、勘十郎に顔色を探られないことである。

「ずいぶんと早いな」

当たり障りなく、苦笑いを顔に込めて応ずる。

「早朝よりご無礼と思いましたが、さっそく例の件に取りかかりたいと思いまして……」

勘十郎の狙いがどこにあるか知れないが、ずいぶんと惚《とぼ》けたもの言いだと千九郎は感じていた。

――こっちは知らないとでも思っているのか。いったい、どういうことだ？

言葉として出したいところを、千九郎は堪える。

商いのいろはを教わりたいと殊勝になりながら、魂胆は鳥山藩を潰すために差し向けられた間者《かんじゃ》である。相手の術中に嵌《はま》ったことにして証拠をつかみ、陰謀を暴くというのが、忠介が考えた筋書きであった。

それが、ここにきてわけが分からなくなってきている。応対に苦慮しそうだと、千九郎は憂える心持ちとなった。しかし、今のところそれはおくびにも出せない。

敵として見ていると、顔色一つでも気になってくるものだ。反面、相手もそのように見ているはずだ。千九郎は極力肚《はら》の内を見透かされないよう、細心の注意を払うことにした。しかし、意識すればするほど、思っていたこととは逆の作用をもたらす。

「それにしても、このたびの鼠算式事業はよい案ですな」

心にも思っていない言葉を開口一番、まずは顔に笑みを含ませ、機嫌のよいところを見せた。

「これは、異なことを。ついきのうまで、千九郎さんはこの事業には欠陥があると殿に進言して、反対されていたではないですか。その疑問は解けたのですか？」

迂闊なことを言ったと後悔するも、ここは言葉を繕《つくろ》わなくてはならない。

「二万両以上もが鳥山藩の利になることに、どこの誰が反対できよう。今では、手前も心底この事業で精を出すことにした。反対して、すまなかったな」

へりくだった謝りは余計であったと、口にしてから千九郎は思った。

「別に謝られることはありませんが、千九郎さんがそう考えてくれましたら、これほどありがたいことはありません」

勘十郎の、能面のような無表情の顔に、ふと笑みが漏れたか口の端がわずかばかり動いた。

「殿の許しを得たことですし、それではさっそく進めていきますかな」

「ああ、そうだな……」

千九郎の考えは、まだまとまってない。返事に精彩を欠いた。

「どうかなされましたか？」

「いや、なんでもない。それではじめるか」

「まずは一分の、大和芋買取権利書を作らねばなりません。そこでです……」

千九郎は、勘十郎の話を上《うわ》の空で聞いた。それより、いっときも早く忠介の答が聞きたい。

「……この件は、よろしいですかな」

「それで、いいんじゃないか」

ときどき出る問いに、千九郎はすべて同意をして返した。やがて、勘十郎の事業における講釈も終わりに近づく。

「……ということで、これに携わるご家臣を二十人ほどご用意いただければと。何か、ご質問は？」

　問われても、耳に入っていないので答えようがない。

「充分だ」

「それでは、さっそく進めさせていただきます」

「いや、ちょっと待て。進めるのは殿の許しを得てからだ」

「ですが殿は、二人でやれと……」

「いや、許されているのは家臣を用意することだけだ。しかし、大和芋買取権利書を作るなど、金のかかることは許されていない。いちいち同意を求めることになっている」

「左様ですか。ならば……」

　と言って、勘十郎が腰を浮かす。

「どこに行くのだ？」

「殿のところへ……」

「いや、いい。それは家臣たる自分の仕事だ。勘十郎殿は、他藩の藩士であることをわきまえよ。以後は、手前が殿の同意を得て勘十郎殿に伝えることにする。これから殿に目通りするので、自らの御用部屋で待つように」

「かしこまりました」

不満そうな顔を残し、一礼をして勘十郎が出ていく。

「……これで、よし」

ほっと一息つく、千九郎であった。


忠介の付き人である小姓を通して、面談を請うのが家臣のしきたりである。

すでに五ツ半を過ぎている。

朝食を済ませてから、奥へと出向き御正室と共に先祖への礼拝をするのが、忠介の日課であった。

「殿は奥から戻ってきているかな？」

小姓衆部屋に寄って、小姓の一人左馬之助《さまのすけ》に訊いた。

「千九郎様でしたら、直にお目通りできますが……」

家老や番頭《ばんがしら》などの用人と同様、千九郎の場合も一刻の猶予もないことが多い。直に目通りを請うのを許されていた。こんなところでも、千九郎は特別待遇扱いであった。

「いや、殿がどこにいるか分からんでな。ちょっと、急ぎの用なんだ。それと、人払いを……」

「かしこまりました。いつもの御座の間で、お待ちください」

御座の間で待つと、ほとんど待たされることなく忠介が入ってきた。

「ずいぶんと早いな」

「はい。早急にお耳に入れておきたいことがございまして……」

「分かった」

忠介は、自ら脇息を抱えると一段高い御座から下りて、千九郎と半間の間を空け向かい合った。小袖にたっつけ袴で、相変わらず殿様らしくない。その分、気軽に話せる。

「大変なことが分かりました」

「ほう。千九郎が大変というからには、相当なものなんだろうな」

「昨夜のことですが……」

千九郎は、一から十までこと細かに語った。語り終わるまで、忠介は脇息に体をもたれ、一言も発することなく聞き入っていた。ときどきうなずくところや、顔をしかめるところがあるのは、重要な話を聞くときの忠介の癖であった。つまらない話には、そこに欠伸《あくび》が入る。

「……ということでありました」

千九郎の語りが終わった。

しばらく天井の長押《なげし》あたりを見ながら、忠介が考えている。頭の中で、話を整理しているようだ。思考の邪魔をしないよう、千九郎は黙ってその仕草を見やった。

やがて、上を向いていた忠介の顔が前を向く。

「それにしても、驚いたなあ」

驚いたにしては、言葉静かである。思考する間に、気持ちを落ち着かせたのだと千九郎は取った。

「一番驚いたのは、信濃岩村田藩内藤豊後守正縄と名を聞いたときだ。千九郎、こいつは面白えことになってきたぜ」

「えっ、面白いとは？」

ニヤリと笑いを含ませる忠介の顔に向けて、千九郎は問いを返した。

「こいつは、すげえ因縁が絡んでいるな。小久保家と水野家どころではねえ、とんでもねえ確執だ。これは、端から整理して考えたほうがよさそうだぜ」

「整理と申しますと？」

「もしかしたら、大和新庄藩永井直養は敵ではねえかもしれねえってことだ」

「敵でないと……？」

　――水野の前に、内藤がいる。

　忠介の頭の中に、ぼんやりとそんな線が浮かんだ。

「なんともまだ分からねえが、その公算が大きくなった感じがするな。となれば、与《くみ》し易くなる。そうだ、あす十五日は月次登城の日だ。それとなく、直養に当たってみよう」

　忠介なりの考えがあるようだ。ことは大きく曲がろうとしているのを、このとき千九郎は感じ取っていた。

三

　翌日、大広間で将軍と謁見したあと忠介は松の大廊下で永井直養に声をかけた。

　前回同様茶坊主に頼み、小部屋を用意してもらう。百目蠟燭を明かりにして、忠介と直養が向かい合った。

　今回は、忠介が呼び止めたのである。

「すまないですな、忙しいところ……」

「いや。大名なんてのは、屋敷に戻ると暇なもの。小久保殿は、商いでお忙しいでしょうが……ところで、浅間勘十郎はいかがです。まともにやっておりますか？」

「いやあ、たいした知恵者でござりますよ。あれほど聡明だとは思いもしませんでした。商いのいろはを伝授願いたいなどと、その逆であります。こちらこそいろいろと教わっている次第。千九郎……いや、皆野などとても敵わぬ。とろろごぜんとは別に、新規事業を起こそうと考えておりましたところ、途轍もない案を考えられましてな……」

「ほう、勘十郎がですか？」

「ちょっと、お待ちくだされ」

忠介は、礼装である大紋の垂れた袂から、一冊の綴りを取り出した。

表には『鼠算式事業案』と書かれている。

「これをご覧いただきたく、呼び止めたのでござる」

直養の膝元に差し出し、忠介は言った。

本来ならば新規事業というのは、実際に動き出すまで極秘裏で進めるものだ。まだ、具体案が練られている段階で、部外者に手の内を見せる者はいない。しかし、忠介には別の考えがあった。

「浅間勘十郎の手で書かれたものですぞ」

「勘十郎がですか。よろしいかな、拝見しても」

「そのためにもってきたのですから、どうぞごゆっくりお読みくだされ」

十枚ほどに綴られた事業案を、直養は開いた。

細かな文字の中に、数字が多く並ぶ文章である。並みの頭のもち主なら、読み解くのに困難をきたすものだと忠介自身、最初の一行で閉口してざっと目を通しただけである。

直養が読んでいる間、忠介はその表情をうかがっていた。

一行一行を、真剣な眼差しで追っている。ときどき「ふーむ」と、うなり声も入る。

――勘十郎に授けた策であるならば、これほど真剣に読み入ることはあるまい。だが、芝居ということも考えられる。

直養が読んでどう出るかを、試しているところである。

「読んでてお分かりかな？」

忠介の問いに、直養が声を発することもなく小さくうなずいて返す。惚けているようにも見えるし、そうでなくも見える。この段階では、直養の作為かどうかを判断することはできない。

やがて、すべてを読み終えた直養は綴りを閉じて、顔を忠介に向けた。

「よくぞこんな大した事業を考えついたものだ。勘十郎の奴、当家でもってこのような案を出してくれればよいのにのう」

直養の顔に表れたふとした笑いで、忠介は真意を汲み取った。そして、口にする。

「ほう、大した事業だと言われますか。よく、綴りを読んでいただけましたかな？」

「えっ？」

直養の訝しげな表情に向け、さらに忠介は言葉を重ねる。

「この案は愚作ですな。この事業の欠点を直ちに見破れなければ、商人としては失格だ。なぜにこんなものを、当家にもって来られた？」

「小久保殿の、言っている意味が……」

明らかに直養の様子は、動揺をきたしている。

「分からないと申されるか。ならば言いましょう。のほほんとした大名にこの案を示せば、数字だけを見てこれは凄いと、口から涎《よだれ》を垂らして飛びつくでしょう。迂闊に手を出せば、やがて破綻《はたん》が待っているとも知らずに。こんな稚拙《ちせつ》なこと、おれ……いや、身共が分からないとお思いですかな？　これは永井殿が、仕向けたことでしょうに」

「………」

直養の返事は無言であった。一呼吸おいて、忠介は語りをつづける。

「端《はな》のうちは、永井殿が当家を貶めようとの企みと思ってました。だが、どうやら違うようだ。ほかの大名家でも、同じような事業をはじめているところがあった」

「どうしてそれを？」

忠介の話を途中で遮《さえぎ》り、直養が問う。

「やはり、図星か。永井殿は、当家ではなくそちらを潰そうとの考えではないですかな？　およそ百五十年前に起きた事件で、内藤家への積年の恨みを果たすがために、手の込んだことをなさりましたな」

相手の名を出した忠介の語りに、これまで張っていた直養の肩の力がふっと抜けたようだ。

「ふふふ……」

強張《こわば》っていた表情も柔和となって、口からは笑い声が漏れた。

「さすが小久保殿だ。よくぞそこまで調べていただけた。やはり、商いに関しては敵《かな》いません」

「いや、偶然で知れたこと。よろしければ、からくりを話してもらえませんかな、力になりますぞ」

「分かり申した」

小さくうなずく直養の所作に、偽りはないと忠介は感じた。

「この鼠算式事業案は、数に強い勘十郎が先に考案したものです。もともとは、誰かの受け売りかもしれませんが……」

断りを言って、直養が語り出す。

「内藤家との確執は、前に話しましたな。ご存じであろう信濃岩村田藩内藤家は、芝増上寺刃傷事件を起こした内藤忠勝とは分家筋に当たる。積年の恨みというのは、消そうとしても消せぬもの。大和新庄は天領ともつかぬ中途半端なところでしてな、名門永井家宗家をそんなところに追いやった内藤家に一泡《ひとあわ》吹かせたかった」

直養の苦渋の表情に、げに積年の恨みとは恐ろしいものだと忠介は改めて思った。

「内藤家筋ならどこでもよかったのですが、信濃岩村田藩内藤家当主正縄は水野家の縁者……」

「なんですと？」

そこまでは忠介は知らない。水野家と聞いて背筋が伸びた。

「内藤正縄は、水野忠邦殿の実弟でして……」

叔父である先代信濃岩村田藩主内藤正国《まさくに》の養子となって、六代目を継いだ経歴があったと、水野家の縁戚関係を直養は語った。

老中水野忠成の親戚筋にも当たることで、やはり正縄も小久保家に一物《いちもつ》抱いているものと忠介は踏んだ。

水野家と小久保家に確執があることは、直養も知っていた。

「それで、当家を巻き込もうと……」

「正直、ここまで来たから申しますが、身共が鳥山藩の後釜をと思ったのは本当のことです。内藤家を潰し鳥山藩が手に入る。一挙両得を考えましてな。だが、そこまで見透かされたとあっては、もう気持ちも萎《な》えました」

いっとき直養を疑ったが、やはりそのときの勘は当たっていたと忠介は話を聞きながら思っていた。

「その手はずと言いますのは……」

一月半ほど前に、すでに鼠算式事業案を内藤正縄にもちかけていた。

そのときの様子が、直養の口から語られる。

話は八月一日、八朔《はっさく》の登城のときに遡《さかのぼ》る。

その日直養は、正縄に松の大廊下で声をかけた。八朔の祝い事は、白帷子《しろかたびら》に長裃《ながかみしも》が正装である。

「――内藤様にお願いがございまして、近々お屋敷におうかがいしてもよろしいでしようか?」

「願いごとでござるか」

話も聞かずに、正縄の顔は渋面となった。面倒臭いとの思いが宿る表情であった。いきなり耳寄りの話と言っても、警戒されると直養は思ったからだ。

「水野忠邦様とご兄弟の内藤様は、老中の忠成様とも親しくなされているようで……」

「それが、どうしたと申しますので?」

「ぜひとも身共も、忠成様の一派に加えていただけるようご推挙を……」

「一派などと、巷《ちまた》の徒党らしく安っぽく言わんでいただきたいですな」

「これはご無礼を。ならば、お仲間の一員として……」

「別にお仲間でもなんでもない。ただ政《まつりごと》の志《こころざし》を同じくする同志と言ってもらいたい。まあ、同志ともなれば何かと便宜があるがの。ところで、永井殿の所領はいかほどかな？」

「一万石ですが……」

直養は、声音を落として言った。大名としては、一万石は最低の基準である。その卑屈さが口調に現れた。

「ほう、一万石とな」

ふと漏らした笑いが、他人《ひと》を見下している。

「一石少なければ、旗本八万旗のお一人でありますな」

――小馬鹿にしくさって、なんとでも言え。

腹の内は煮えくり返るも、直養は表情に出すことはなかった。

「老中に取り入るとなると、いささか必要なものがございましてな。それを賄《まかな》うことができますかな？」

はっきりと口にしないが、賂《まいない》であることが知れる。

「いや、当藩は貧乏藩でして、大した用意も適《かな》いませんが……」

「ならば、おととい来なされ。貧乏藩は貧乏藩らしく、おとなしくしておるのがよろしかろうに」

――おのれ、内藤。

堪忍袋の緒が切れそうだ。

松の廊下の中ほどで、白帷子に長裃の正装の腰に差した脇差を抜くと、元禄《げんろく》の世にあった事件の再来となる。直養は、ぐっと堪えて積年の恨みに上乗せをさせた。

「ちょっと、お待ちくだされ……」

「まだ何か？」

「ならば、二万両を……」

長裃を引きずる足を止め、正縄が振り向く。

「それを捻出する術がございまして……」

「二万両ですと？」

「ほう、どのような？　それがまともなものであれば、詳しく話を聞いてもよろしいが」

案の定、内藤は食らいついてきた。

「ここでは、なんでございます。よろしければ、お屋敷に……」

「分かり申した。ならば、明後日の未《み》どきでいかがですかな？」

かしこまったと、ほくそ笑むのを堪え直養は頭を下げた。

内藤家の御客の間で、鼠算式事業の綴りを見せる。

のちに鳥山藩に出されたものと、同様のものであった。

「読んでもよく分からんな。口で説いてくれないか。ただ、でかい数だけが並んでいるようだが……」

正縄は武人であり、商いにはまったく素人《しろうと》である。事業案を見せられても、理解が不能であった。だがそこに書かれた数字には、惹《ひ》かれているようだ。

直養の傍《かたわ》らに、浅間勘十郎がいた。その口から補足の説明がされる。その話を正縄は、身を乗り出して聞いている。

「……ということで、二月《ふたつき》もすればおよそ二万両以上の儲けが見込めまする」

ここで勘十郎の口が閉じた。

鳥山藩と違うのは、大和芋ではなく信州の産物である和林檎《りんご》が起用されている。

「いかがですかな？　こんな事業を当家では考えておりまする。ならば今は手元に財がなくとも、すぐに捻出できますが……」

言いながら正縄の顔色をうかがう。その顔が高揚しているのが、はっきりと見て取れた。口は半開きとなって放心状態。今にも涎が垂れてきそうである。やがて口元が締まり、正縄が口にする。

「なるほど、大した知恵者だ。よろしい、老中水野忠成様に執《と》り成そうではないか」

「それはありがたき仕合せ……」

「だが、それには条件がある」

「条件ですと？」

「ああ、そうだ。これをわが藩でやらせてくれぬか？」

「なんですって？　いやはや、とんでもない……」

無体な条件を出され、直養は両手を振って拒んだ。

「いや、頼む。ぜひ、それを当藩で……」

「これは、当藩起死回生の事業ですから……」

首も振って拒む。

「これほど身共が頭を下げて、頼んでも駄目か？」

目が据わり、開き直った正縄の表情に直養は一瞬怯む。

「分かった。ならば、老中に進言しよう」

不敵な笑いを浮かべて、正縄が言った。

「ありがたき……」

「喜ぶのは早い。今な、江戸湾埋め立ての工事が進められようとしている。普請の業者は大島組と決まっておる。そこから一万両の積算が出されての、その手立てで幕府は頭を痛めているらしい。ちょうどいい、その普請の手伝いを貴藩に任そうと進言するつもりだ。二万も手に入るのだったら、容易《たやす》かろう」

大名に工事費用を捻出させる、いわゆる御手伝普請《おてつだいふしん》を強要したのである。

「もし、その案を譲ってもらえるならむろん手伝普請の強要はしないし、老中に執り成そうではないか」

今にも畳に拝そうとするのを、直養は堪えた。

「それでもまだ、返事をせなんだか。ならば、土産《みやげ》をつけるがどうだ？」

「土産とは……？」

「下野鳥山藩に、移封というのはどうかな？」

「鳥山藩ですと……？」

「わが水野一党と小久保は三河以来の確執がある。その中でも、老中忠成様はことさら小久保家を嫌っておってな。その小久保家の弱点は、鳥山藩なのだ。だが、ここの藩主の忠介がしぶとくて……」

永井直養としては小久保家には恨みがない。むしろ、内藤家に一泡吹かせたいと思っているだけなのだ。だが、ここで食指が動いた。

「もし、鳥山藩を欲しければ、ちょっとばかり手伝っていただきたい……」

商才はないが、悪知恵はよく働く。

「これと同じことを、鳥山藩にもちかけてもらいたい」

「なんですと?」

驚く表情で、正縄の話に聞き入った。

四

そこまでの話を、千代田城の一室で忠介は聞いた。

内藤家では準備が整い、いよいよ事業は開始のときを迎えている。そのときを見計らって、同じ話を鳥山藩にもちかけたのである。内藤家が準備万端であるのも知らず、鳥山藩も同じ事業に着手する。ここが内藤正縄の狙いであった。

「よくもまあ、あんな悪知恵が働くものだ」

直養が、吐き捨てるように言った。

「もうそろそろ小久保殿に、話があるかもしれません」

「話とは……?」

「今しがた話した江戸湾埋め立て工事の、御手伝普請です」

「なんですと？」

「一万両の強要がなされるはずです。鳥山藩に鼠算式事業をどうしても進めさせようとの、駄目押しですな」

「そこが分からねえ……」

ついべらんめえの口調が出て、忠介は腕を組んで考えた。

「どうして、それほどまでして鳥山藩にも事業をさせたがるのか。わざわざ商売敵《がたき》を作ることもねえと思うが」

「そこが相手の付け目なんです」

水野一派の手の内を、直養はためらいもなく晒《さら》す。

「この先小久保殿が、大和芋の買取権利書を作った時点で、内藤家は御家を糾弾するつもりです。他人の立案を横取りしたと騒ぎ立て、大名としての名誉を打ち砕こうと……まさしく、泥棒呼ばわりですな」

江戸湾埋め立て工事の、手伝普請による一万両の捻出をするために、他人《ひと》のものを強奪する。大名としてあるまじき行為と、幕府に訴えが出されれば鳥山藩としては面目が立たない。大名としてはこれでは喧嘩両成敗にもならず、小久保家は失墜するだけだ。

武家諸法度《ぶけしょはっと》の一項で、諸国の藩主や領主の私闘を禁じている。だが、まさにこれは戦《いくさ》を仕掛けられたのと同じである。

「……分かった。相手になるぜ」

口をへの字に結び、忠介は腹を括《くく》った。

「卑劣なやり方に、聞いていて反吐《へど》が出そうになりました。そんな汚い真似をしてまで鳥山藩の後釜に入っても、一生夢見が悪くなるだけだ。この先はこの永井直養、小久保殿の味方に……いや違う。当家としては、内藤家を潰そうなどとの思いは毛頭ない。ただ、世間に恥を晒させることで溜飲《りゅういん》が下がるというもの。内藤家に一泡吹かせるため、こちらからお力添え願いたいところです」

「かたじけない。一万両の火の粉を振り払うため、こちらからもよろしくお願いしたい」

かくして両者の思惑が一致し、忠介と直養の間で密約が交わされる。それから四半刻ほどかけて、今後の策が練られた。

千代田城の一部屋を借りての密談は、半刻にもおよんだ。

「まだでございましょうか？　普請奉行林田佐渡守《はやしださどのかみ》様が、小久保様を探しておられます」

茶坊主が襖を開けて、声をかけた。

「左様か。して、林田殿はどちらに……？」

「ご案内します」

忠介は、まだ部屋の中で座る直養に軽く会釈をして外へと出た。

「……さっそく来たか」

一万両の手伝普請のことかと、忠介の気が巡った。しかし、その要請が役高二千石の旗本から大名に向けてなされるのはおかしい。忠介は茶坊主のうしろで首を捻った。

「そうか！」

忠介は、直養の話の中にあった一節を思い出し、思わず口から声が漏れた。

「何か、ございましたでしょうか？」

「いや、なんでもない」

茶坊主に返事をするも、頭の中は別のところに飛んでいた。

「……普請の業者は大島組に決まっているとか言ってたな」

全貌が開けるような、忠介の呟きであった。茶坊主にはその声は届いていない。

「こちらのお部屋です」

何ごともなかったように、足を止めた。そして、襖越しに声をかける。

「小久保様をお連れしました」

「入っていただきなさい」

鼻に何かが詰まっていそうな、くぐもる声が返ってきた。

下座に、礼装である上下そろいの裃を纏った武士が畳に拝している。

「林田殿か？」

忠介が正面に座り声をかけると、四十歳をいくらか越したと思《おぼ》しき顔が起き上がった。やけに前歯がせり出している男だと、忠介の一目見たときの印象であった。

――こいつも、鼠算式事業に関わりがあるのか？

鼠が増えていく様を、林田の顔を見て忠介は連想した。

「お初にお目にかかりまする。拙者、普請奉行を仰せつかまつります林田兵部《ひょうぶ》と申しまする。以後よしなに……」

一度起きた体が、再び畳に伏せた。

「下野烏山藩主、小久保忠介だ。さっそくご用件をうかがおう」

「はっ」

と、声を発して林田の体が起きた。

「老中、水野忠成様の名代としてそれがしが言上《ごんじょう》を賜りました。上様からのご下命でござりまする」

上様と聞いて、忠介は立ち上がった。そして、林田と席を入れ替わる。将軍家斉の下命をもたらす林田が、いっとき立場が替わって上座に回る。まこと面妖な武家の作法であった。

「本来ご老中様から伝達されるのですが、のっぴきならぬ用事がございましてそれがしに托されました。それでは……」

林田は袱紗に包まれた書簡を取り出し、忠介の目前につき出した。封の表には『下』と書かれてある。忠介はその一文字を目にすると、林田に向けて畳に拝した。

案の定、一万両供出の命《めい》が下った。

予想したこととはいえ、下と記された将軍の書簡をつき付けられては、忠介といえど動揺は隠せない。

一際《ひときわ》古めかしい乗り物に乗って、忠介は上屋敷への帰路の道で考えていた。

「やはり林田は、老中忠成の一派……」

普請奉行林田の下で、建築請負の大工や材木業者を牛耳《ぎゅうじ》ろうとする大島組が暗躍する。縦の筋が、忠介の頭の中で鮮明となった。

とろろごぜんを潰しにかかったのは、大島組の仕業《しわざ》の疑いがあるも、はっきりとした証《あかし》がない。

「そいつさえつかめれば……」

乗り物の中で、忠介の独り言がつづく。

「何かよい策がないものか？」

どうしても、一万両の供出は避けたい。二十日が猶予であった。拒否する大義名分をそれまでに作り出さなくてはならない。御手伝普請の供出だけならば、なんとかなる。しかし、その後は借金財政となり、鳥山藩は再び窮地に陥る。それと、このままでは済まされない、武士としての意気地がある。

「こいつは戦《いくさ》だ！」

負けたら終いだと、忠介は思わず声を張り上げた。すると、乗り物の足が止まった。

「殿、いかがなされました？」

声が外に聞こえたらしく、供侍の声がかかった。

「なんでもねえ。それより、急いで屋敷に向かってくれ」

前後六人の陸尺《ろくしやく》で担がれた乗り物の足が、にわかに速くなった。

上屋敷に戻ると、さっそく千九郎を呼び出した。

そのときちょうど、千九郎は勘十郎と新規事業の打ち合わせをしているところであった。

「大和芋の買取権利書の図案意匠は、こんなのでいかがでしょうか？」

手習い草紙の半分ほどの大きさに描かれた雛形《ひながた》を、勘十郎が千九郎に差し出した。

「ずいぶんと手回しがいいな」

早いはずである。すでに他藩でまったく同じものが作られているからだ。それを、千九郎はうすうす知っている。

「これからは、一日でも早く事業を遂行しませんと。それだけ、無駄になります」

千九郎の皮肉を、勘十郎は褒め言葉と取った。

膝元に出された図案を、千九郎は手にとって見やった。

「ずいぶんと凝っているな」

浮世絵の版元で、見本で刷らせたものであった。四色の配色でなされ、文字のうしろに敷かれたぼかしの模様は、贋作《がんさく》が出ないように意識したようだ。

「これでよろしければ、本刷りにかかります」

「殿が戻ったら、見せてみよう。だが、この色がちょっと濃いのではないか」

千九郎が、意匠にどうでもいい難癖をつけたところであった。

「千九郎様、殿がお呼びでございます」

小姓の左馬之助の声がかかった。

藩主の用事とあらば、何をおいても優先である。

「ちょっと待っててくれ。そうだ、ついでにこれを見せてこよう」

勘十郎も一緒に来いとは言われていない。千九郎だけが腰を上げた。

五

どんな話が聞けるかと、千九郎は急《せ》く心で御座の間へと向かった。

「殿、お戻りになられましたか？」

忠介は、着替えるのももどかしかったか、大紋に長袴の礼装のままで御座の間の下段に座っている。

気難しい顔をして帰るものと思っていたが、意外にも機嫌がよさそうだ。こんなときの忠介は、何かをつかんできたものと千九郎は踏んでいる。

「ああ、面白《おもしれ》え土産《みやげ》話をもって来たぜ」

忠介の顔が緩んでいる。だが、それは束の間であった。

「だがな、難問も降りかかってきた」

緩んだ顔が締まり、眉間に縦皺が寄るとにわかに渋面となった。

「一万両の供出がふっかかってきた」

まずは難問のほうから口にする。

「一万両……ですか？」

「ああ、江戸湾の埋め立て普請で、金を二十日内に供出しなくちゃならねえ。上様からのご下命だ」

「ここにきて、一万両とは厳しいですね」

「まともに金を出したら鬼怒川、那珂川の修復工事はますます遠のく」

「と申しますと、まともに金を出すおつもりではないので？」

「そういうこった」

言って忠介は、考える素振りとなった。このような仕草をするときは、何か策を模索しているものと千九郎は心得ている。忠介の、次の言葉が出るのを待った。

「千九郎……」

やがて顔が千九郎に向く。

「はっ」

「あっちのほうは、進んでいるか？」

「はい、やっております」

話の筋ががらりと変わると、千九郎は懐から一枚の紙片を取り出した。勘十郎がもってきた雛形である。

「できてきたか。ほう、きれいなもんだ」

買取権利書の図案を手にして、忠介の顔に穏やかさが戻った。

「勘十郎の手回しがよいのは、内藤家と同様なものを……」

「そのことなんだがな、ちょっと耳を貸せ……」

半間の間をさらに近づけさせ、双方が前屈みとなった。

「土産話なんだが……」

忠介は、千代田城内で聞いた永井直養の話をじっくりと聞かせた。ところどころで驚いたり、訝しがったり、顔をしかめたりして千九郎は話を聞き終えた。

「…………」

頭の中は呆然、口があんぐりとなってしばらく言葉も出ない。

「千九郎があきれ返るのは分かるが、ここは落ち着け」

「はっ、はい……」

忠介に促され、ようやく千九郎は返事ができた。すると頭の回転も、普段に戻る。

「殿は金を出すつもりはないと、先ほどおっしゃいましたが、何か策がおありで？」

「いや、ねえ。だけど、一つだけあるとすれば……」

忠介は、語りに一呼吸置いた。そして、じっと千九郎の目を見据えて言う。

「千九郎、これはおめえが頼りだ。死にもの狂いでやってくれ」

「かしこまりました」

まだ、何をしろとは言ってない。忠介の意気を感じた千九郎は、間髪《かんはつ》を容《い》れずに返した。

「何をするのか、分かっているのか？」

「いえ。ですが、殿がやれと言うことは是が非でもやらなくてはなりません」

「そうか、ならば頼む。鶏に毒を盛った下手人《げしゅにん》を、絶対に捕まえてくれ」

「はっ」

眉根一つ動かさず、千九郎は畳に手をついた。どうやら、忠介の考えていることを察していたとみえる。

「だがな、その下手人は大島組の手先でもなんでもねえかもしれねえ。捕まえても取り越し苦労に……」

「いえ、やはりつながっていると思われます」

「何を根拠に言える?」

「そう信じませんと、やる気が出ません。それと、本当にそれが証となれば、鳥山藩の一万両の供出は止められるかもしれませんし……」

「そういうこった。上様からの達しだから難しいかもしれんが、こっちを貶《おとし》める陰謀とあれば思い直してくれることもあるだろう。女好きの将軍様だけど、器の大きいお方だとも聞いている。そこに賭ける以外にないな」

鶏殺しの下手人を挙げ、芋づる式にそれが普請奉行の林田までつながれば、なんとか水野忠成との喧嘩にもち込める。法度《はっと》に則《のっと》れば喧嘩は両成敗。自らも沈むが、相手も巻き添えにしようというのが忠介の肚《はら》であった。

「しかしな、千九郎。幕府にとっちゃ、水野家と小久保家を同時に失くすのはまったくの痛手だ。そんなことで、両家を潰しはしねえだろ。そんときは、こっちの勝ちってことだ」

「御意《ぎょい》!」

「そんな、侍らしい言葉を使うんじゃねえよ」

大きくうなずく千九郎に、忠介は苦笑いを浮かべて言った。

「ところでだ……」

下手人探しは千九郎に委《ゆだ》ねられ、忠介の話は鼠算式事業へと移る。

永井直養とのことは、すべて話してある。

これでもかという水野一派の策謀に、心底憤りを抱いた千九郎であったが、直養が味方になったと聞いて救われる思いとなった。となれば、浅間勘十郎との接触の仕方も変わる。

「勘十郎とは、どのように……？」

忠介の存念を知りたいと、千九郎は問うた。

「内藤正縄の仕掛けは分かっている」

千九郎の問いには答えず、忠介は別のところから切り出した。

「それを逆手《さかて》に取って、仕掛けてやろうと思ってるんだが……」

ほくそ笑む忠介の表情に、千九郎は固唾《かたず》を呑んで次の言葉を待った。すると、忠介は黙って買取権利書の図案を見やっている。やがて顔を上げ、千九郎に向いた。

「千九郎、今すぐ勘十郎をここに連れてこい」

「かしこまりました」

すぐさま千九郎は御用の間に勘十郎を呼びに行き、連れて戻った。

正装のままの忠介を見て、言葉を発せず勘十郎は深く畳に拝した。

「面《おもて》を上げろ、勘十郎」

厳《いかめ》しい忠介の口調と表情に、勘十郎は起こした上半身がうしろに引けた。

「おまえ、神田明神下の内藤家と関わりをもっているようだな」

「えっ？」

いきなり問われて、勘十郎の驚く顔が向く。そこには怯えの表情も宿っていた。

「違いないか？　惚《とぼ》けても無駄だぞ」

「どうしてそれを……？」

「どうでもいいだろ。聞けば、内藤家でも同じ鼠算式事業を進めているというではないか。しかも、すでにはじめる準備は万端とのこと。そこで、勘十郎に問う。なぜに他家で企図しているものを、当家にもち込んだのだ？　それが、一点。それと、おといの夕、内藤家の家臣と見られる男と外の通りで話をしていたのを見ていた者がいる。何を企んでいたのか？　この二点を即座に答えよ」

千九郎の名を出さず、忠介は問いを発した。

「うそ偽りがあらば、断罪に処す」

脅しも加えて、勘十郎の答を待った。

勘十郎の心根が、永井家主家に従順であるか、はたまた裏切りであるかをまずはたしかめようとしている。その答いかんによって、あとの出方を決める肚と、千九郎は忠介の真意を読み取った。

「それは……」

と言ったまま、勘十郎は絶句する。その先の言葉を出せないでいた。謀《はかりごと》の一項に、鳥山藩の乗っ取りがある。その目論見《もくろみ》だけは、絶対に明かせないと口を閉ざす。勘十郎が、困惑の様相で前を見据えている。その発達した額にうっすらと汗が滲み、光沢を放っていた。その様を正面にいる忠介は、肚の中を探るような眼差しで見ている。勘十郎から答が出るまで、いつまでも待とうとの素振りであった。

やがて、勘十郎の細い目が見開く。何かに気づいたように、正面に座る忠介の正装を見やった。

――きょうはご登城の日か。

「……ならば」

口だけが動く、勘十郎の小さな呟きであった。

「実を申しまする」

拝礼をして、勘十郎は忠介に向き直った。すると、堰《せき》を切ったように詳細を語った。その中身は、藩主永井直養から聞いた話と寸分の違いもなかった。鳥山藩の乗っ取りの件《くだり》も、正直に語りに含まれていた。

内藤家家臣との接触は、これまでの経過を報せるものであったという。

「よくぞ、申したな」

「はっ。おそらく殿は、わが主君から話を聞かれたのでありましょう。その装束を見て、この日は月次登城であると。ならば……」

「よく見通したな」

そのために着替えなかったのかと、このとき千九郎は、忠介のそつのなさを知った。勘十郎の語りによって、忠介は永井直養の話が偽りであるかどうかを試していたのである。両者の話が食い違えば、忠介の目論見は最初から練り直すことになる。それとの賭けでもあった。

「直養殿から経緯は聞いた。内藤家との、昔の確執もな」

「やはり、左様でありましたか。となると、手前はこの先どうしたら……」

よろしいでしょうかと、勘十郎が忠介に問う。

「おれに考えがある」

「おれって……？」

忠介の言葉遣いに、勘十郎がいく分首を傾げた。おかまいなしに、忠介は話をつづける。

「何も知らなかったように、この先をつづけてくれ。これまでと同じように、内藤家とも接触をするのだ。ただし……ちょっと耳を貸せ、千九郎もだ」

三人の頭が一つにまとまり、忠介は策を授けた。

「かしこまりました」

は、勘十郎の返事。

「なるほど……」

相槌は、千九郎の返しであった。

六

忠介のもとを辞すと、千九郎はすぐさま下屋敷へと向かった。

改めて、鶏殺しの下手人探索のためである。とろろごぜんも、多少売り上げは落ち込むものの、危機は乗り越えて回復を果たした。その後は何ごともなく、千九郎の頭の中から事件のことは薄れていった。しかし、この日忠介から話を聞いて、にわかに蘇《よみがえ》ってきた。

「……やはり、水野のちょっかいだったか」

まだ疑いの段階であるが、千九郎は確信をしていた。

吾妻橋の中ほどで、千九郎は対岸を見やった。二町ほど下流に、水野家の下屋敷が見える。今はもう、母家改築普請の足場はかかっていない。

「足場……？」

ふと思い当たることがあって、千九郎は吾妻橋の中ほどあたりで身を翻《ひるがえ》すと、足を馳せた。

今まで頭の隅にもなかったことが、あるときをもってプツンと弾けることがある。千九郎の脳裏は、まさにその状態であった。

途中、材木町の大松屋に寄って、大工の棟梁竹次郎の住まいを訊いた。千九郎は、竹次郎のもとをまだ訪ねたことはない。うまく答えてくれるか不安であった。

「ごめんくださいな……」

「どなたですかい？」

昼間ではあったが、うまく竹次郎は在宅してくれていた。いっとき体を壊したというが、今は健康体そのものであった。その日に限って、現場を早じまいして戻ってきたという。運がよいのは、何かのお導きかと千九郎は思った。

以前に忠介と大松屋の松三衛門、そして内儀のお美津が来たことを竹次郎は覚えていた。そのことを話すと、機嫌よく応じてくれた。

「竹次郎親方にお訊きしたいのですが……」

前置きもなく、千九郎が問う。

「どんなことで？」

「川向こうにある、水野様の下屋敷をご存じですか？」

問うと同時に、竹次郎の眉根が寄ったがすぐに訝しげな表情は消えた。

「ああ、知ってるよ。それが、どしたい？」

「三月ほど前、母家の改築普請がなされてまして、それはこちらさんで請け負ったのでは？　そこに出入りしていた大工の熊吉さんは、棟梁のところの職人と聞きまして……」

「たしかにそうだが、あの仕事はうちがやったんじゃねえ。あんときおれは体を壊していて、手の空いてる職人を貸してやっただけだ」

「どちらの棟梁《じかう》ですか？」

「大島組の直請けで……そんなことを訊いてどうすんだい？」

「いや、大工のほうはいいのですが、棟梁は足場を組む鳶をご存じで？」

「鳶と大工は親戚みてえなもんだ。知らねえわけがねえだろ」

「そうではなく、棟梁は鳶の大八組って名を知ってますか？」

「ああ、知ってるよ。やくざと鳶の、二足の草鞋《わらじ》を履いてる一家だろ。そういやあ、水野様の屋敷の足場は、その大八組が組んだってことだ」

——ならば、やはり……。

頭《かしら》の権八を、胡散臭《うさんくさ》い男と千九郎は思っている。

鳶でなければ、養鶏場の高い塀は簡単に越せないだろう。もしやその子分たちがと、千九郎は思うところがあったからだ。

千九郎の脳裏に浮かぶのは、普請奉行の林田から大島組に、そして大八組の頭の権八が鳶職人に話しかけ、高梯子で養鶏場の塀を乗り越え鶏に毒を盛るという線である。

頭から、子分に話をもちかけることは充分にありうる。

そんなことを思いながらも、千九郎は表情を変えずにさらに問う。

「その大八組は、大島組のやはり下請けで……？」

「下請けなんかじゃねえ、親戚だ。ところで人伝《ひとづ》てに聞いたんだが、そこの権八って頭は、三月ほど前に辻斬りかなんかに遭って、殺されたみてえだぜ」

「なんですって！」

これには千九郎も、いささか驚く。権八が侠客もどきなら、千九郎の勘が若干外れている。

――あの親分が殺された？

それが、一連のことと関わりがあるかどうかは分からない。思ってもいない展開に、千九郎の頭の中は混乱をきたした。まだ竹次郎の話はつづいている。

「大島組の主ってのは長五郎というんだが、それと権八の女房は実の兄妹《きょうだい》ってことだ。だもの、多少仕事は荒くたって回すわなあ。熊吉が言ってた。大八組の組んだ足場は、ぐらぐらしていておっかねえと」

――そっちの線か。

そこまで聞けば充分だ。千九郎は深く頭を下げて、竹次郎のもとを辞した。

千九郎の足は、下屋敷ではなく上屋敷に向いた。

先刻まで座っていた御座の間で、再び忠介に目通りする。

「なんでえ、ずいぶんと早く戻ってきたな」

「殿、人というのは何か目処《めど》が立つと、勘が働くものなんですね。神仏からの啓示かと思いました」

「いってえ何があった？　能書きはいいから、早く話せ」

焦《じ》れた口調で忠介が急かす。千九郎は竹次郎との話を、そのまま忠介に聞かせた。

「千九郎は、どこで大八組のあいつらが怪しいと思ったんだ？」

「二つほど理由があります。一つには、殿も大八組であの長い梯子を見たでしょう。養鶏場の高い塀を、いとも簡単に乗り越えられるのは鳶の仕業かと。もしかしたら水野家の足場は、あの五人がかけたのかもしれません。そうだとしたら……」

「鶏小屋まで長梯子を運んだってのか？」

「いくら寂しい北本所といえど、灯りを点して梯子を運べば他人《ひと》に見られるかもしれません。おそらく梯子は舟で横川に横付けし……夜ともなれば押上村は人っ子一人いませんから」

「なるほどな。それと、もう一つは？」

「熊吉さんたち大工は、誰も大八組の奴らに卵のことは話していません。矢桜一家の若い衆と、もう一人は南千住のごろつき二人だけでした。その手口は大島組の番頭が吹き込んだ。しかし、そこから噂は広がってはいません。知り得ないことを知ってい て、高代屋さんを脅しにかけた。今思えば行きがけの駄賃ということでしょうか」

「しかし、証《あかし》がねえな。なんとか、裏づけが取れれば……」

「少しばかり腕が達者なのと、気の利く家臣を貸していただければ……」

「ああ、誰がいいかな。左馬之助はいるかい？」

隣部屋に向けて、忠介が声をかけた。

「はっ」

「ご家老を呼んできてくれ」

押っ取り刀で駆けつけた江戸家老天野に、人選を任せた。

家老天野が、江戸詰家臣の中で一番剣の腕が立つ男を選んできた。宮本小次郎《みやもとこじろう》という男で、名を聞くだけで強そうである。若くして『無双示現流《むそうじげんりゅう》』の技を極め、小太刀を使えば藩の中で右に出る者はいない。まだ若冠《じゃっかん》二十二歳で、千九郎より二歳ほど下である。

そして、もう一人選んできたのは女であった。これは千九郎も予想していない。

波乃《なみの》という、まだ二十歳をいくらか過ぎたばかりの腰元である。娘でありながら素《す》手《で》で相手と対峙《たいじ》する『正道拳弛念流《せいどうけんしねんりゅう》』の使い手であった。忠介が会得する流派である。むろん、忠介も波乃のことは知っている。

「――おう、波乃だったら頭がよくて機転が利く。別に忍びというんじゃねえけど、くの一《いち》って呼ばれる女忍者みてえに身が軽いしな。しかも、別嬪《べっぴん》で気立てもいいから何かと千九郎の役に立つだろ」

――何かとってなんだ？

忠介の言った、あとのほうの一言が千九郎の頭の中でこびりついた。

「……いかん、余計なことを考えるのではない」

頭を振って、邪心を取り除く。

商才にかけては秀でるが、武芸に劣る千九郎にとって、頼もしい助っ人である。これから小次郎と波乃を従え大八組を探り、そして大島組に乗り込むつもりであった。

小次郎には遊び人の風体《ふうてい》をさせ、波乃には町屋娘の形《なり》をさせた。黄八丈がよく似合う。どうも千九郎の目は、波乃のほうに向いてならない。

「千九郎さん、何かあたしの顔に……？」

「いや、なんでもない。あまりにかわいいんで見とれちまってな……」

千九郎だって、町屋でうろついていた一種の遊び人である。娘の扱いくらいは心得ている。

「あらいやだ、かわいいだなんて。千九郎さんも、お上手《じょうず》なこと」

しかし、波乃からは簡単にいなされた。

「ところで身共は、何をすればよろしいんで？」

宮本小次郎が問う。

「その形《なり》で身共って言うんじゃない。おれとかあっしって口にしろ。とりあえず、一緒についてきな」

その前に半刻ほどをかけ、千九郎の目的が二人に向けて語られた。千九郎が練った策は、又吉たち五人の内、誰でもいいから捕らえて白状させることにあった。

さっそく、三人が動き出す。向かうところは、神田金沢町にある大八組であった。

「……あっ、そうか」

上屋敷から歩き、下谷御成街道まで来て千九郎は気づくことがあった。

――岩村田藩内藤家と大八組は近所だったんだ。

以前大八組を訪れたのは、神田川を舟で来たときだ。来た方角が違ったことで気づかなかったが、実際には三町と離れていない。

これも何かの暗示と、千九郎には思えた。しかし、大名と町鳶の接点がどこにと考えたところでふと思い当たることがあった。

――内藤家抱えの大名火消か。

三和土《たたき》に立てかけてあった纏を、千九郎は思い出した。大八組は鳶職の傍《かたわ》ら、火消しでもある。だが、町火消には属していない。

大名火消には、各自火消《かくじびけし》というのがある。諸大名が自らの屋敷を火災から守るために抱える火消しのことである。

そう考えれば、すべては線として結びつく。そんなことを思い抱きながら、金沢町へと着いた。以前とは反対の方角から来たので、千九郎は大八組を探すのに手間取った。

「このへんだったんだがな……」

界隈を一周するも、大八組は見当たらない。通りの向かいに小間物屋が店を出しているのを思い出した。

「やはり、このへんだな……」

あったらしいと思ったところには建屋はなく、更地となっていた。

「すいません……」

千九郎は、小間物屋に行き主に声をかけた。

「大八組なら、三月ほど前に頭が殺されて、そのあとすぐに組を畳んだみてえだ」

建屋が壊されたのは二月前であったという。

「なんで頭は殺されたんですかね？」

「辻斬りって聞いたけど、本当のことは知らねえな。それについちゃ、近所の者はみんな口を噤《つぐ》んじまってる」

「そうですか。それで……」

ついでにと千九郎は、大八組の評判を訊いた。

七

それから間もなくして、千九郎たち三人は神田川を下る舟の上にあった。

小次郎と波乃を連れてきたのは、大八組の内部を詳しく探ろうとしてのことであったが、空振りに終わった。しかし、向かいの小間物屋からは思ってもいないことを聞くことができた。

思いに反し、頭の権八は評判のよい侠客であった。手飼いの鳶と火消し人足を十人ほど抱えていた。他所《よそ》から来た無頼たちから町を守り、界隈の治安にもなくてはならない存在だったと、主は言葉に苦渋を込めて言った。しかし、大八組の様子がおかしくなったのは、半年ほど前にお時という若い後妻が入ってからであった。風体のよくない鳶職人を五人ほど引き連れてきた。千九郎には、それが又吉たちだと容易に知れた。それからというもの、若い衆たちの喧嘩が絶えずいつも怒鳴りあっていたという。

権八が殺されてから生え抜きの十人はどこかに去り、お時と五人の鳶が残った。やがて又吉たち五人の手により建屋は解体され、引き揚げて行った。そのときのお時の声を、小間物屋の主は拾っていた。

『――さてと、これから深川に帰るよ』と――。

千九郎たちが乗る舟の舳先は、深川佐賀町に向かっている。

「大島組に行く。小間物屋の主の話から、なんで行くかが分かっただろ」

「はい。あたしには充分伝わりました」

大八組との関わりは、すでに話してある。なので、みなまで語らずも波乃は理解ができた。

「これからだ。二人の力を借りるのは……」

「それじゃ、今度はあっしらの出番ですね」

小次郎が、たどたどしい町人言葉で言った。

神田川から大川に出て、南下する。永代橋《えいたいばし》が遠くに見えたところであった。

大川と合流する堀がある。その吐き出しに橋が架かっている。

「お客さん、あれが仙台堀《せんだいぼり》で上ノ橋《かみのはし》だけど……」

船頭には行き先を言ってある。その近くの桟橋に、舟を着けさせた。

舟から下りたところが、佐賀町である。大島組の本拠のあるところだと、松三衛門から聞いていた。

桟橋から護岸の階段を上り道に立つと、佐賀町の町屋が開けていた。景気がいいといわれる深川の賑やかさがそこにあった。歩く人々の足に勢いがあり、活気に溢れているのが一目で分かる。むろん、この近在にもとろろごぜんの店はある。

波乃の目線の先に、商家の構えの一軒家があった。

「あそこでは……」

屋根の庇《ひさし》に金看板が載っている。そこには「建屋建築解体請負　材木問屋　鳶左官一式工事　地上請負」などと事業の内容が小さく書かれその下に普請奉行様御用達《ごようたし》『大島組』と、金文字で屋号が大きく書かれてあった。

普請奉行様御用達という文字のところで、千九郎の目は止まった。

――林田様御用達って書けばいいのに。

思いながら、苦笑いする。

庇の下は、たっぱ一尺五寸の紺地の水引き暖簾が店を囲むように垂れている。暖簾は三枚飛ばしで、山に大の字の代紋が白く抜かれてあった。それだけでも、大島組の主長五郎の、見栄の張り具合をうかがうことができた。

物を売る商いではないが、店の間口は三間と広い。今は、その戸口は腰高障子の遣戸で閉ざされていた。

「……さてと、どうして探ろうか？」

遠目で大島組を眺めながら、千九郎が呟いたところで障子戸の一枚が開いた。中から侍が二人出てきて、あとからそれを送り出すように大島組の者と思《おぼ》しき三人が建屋の外へと出てきた。中に女が一人交じる。

千九郎は、思わず驚きの声を上げるところであった。外に出てきた五人の内、三人の顔に見覚えがある。

話し足りないか、外に出ても立ち話がつづく。大島組の三人は侍たちに向けてぺこぺこと頭を下げている。

「波乃、話を聞いてこい」

千九郎が言うも、そばに波乃がいない。そのとき波乃は、ちゃらちゃらとした仕草で大島組の前を通り過ぎようとしていた。

やがて三人は店の中に引っ込み、侍たちが千九郎のいるほうに向かってくる。千九郎に話があるのかと、一瞬どきりとしたがそうではない。千九郎に目を向けることもなく、前を通り過ぎる。そして桟橋に下りると、猪牙舟《ちょきぶね》に乗った。

「……岩村田藩内藤家に戻るのか」

見紛うものか、侍の一人は先だって千九郎が尾けた内藤家の家臣であった。

「ちょっと、話が聞こえました」

波乃が戻ってきて言った。

「なんですか『――任せてください、必ず子を殖やしますんで……』とかなんとか。それ以上は……」

聞き取れなかったと、波乃は詫びを言った。

「いや、それだけで充分だ。よくやったな」

千九郎には読めている。それが、鼠算式事業のことだと。大島組が親元となって、人を募るのであろう。

「ところでな……」

大島組の中にいた女はお時。そして、若い衆らしいのはこれまでの話の中に再三でてきた又吉だったと千九郎は言った。

「あの又吉をとっ捕まえましょうか？」

それは自分の役目だと、小次郎が言った。

「策はあります」

波乃がニコリと笑みを浮かべて言う。頬にできた片笑窪《かたえくぼ》が、自信を表していた。

「それではこれから行って、又吉をおびき出してきますから小次郎さんは、とっ捕まえてください」

「いや、こうしよう」

小次郎が、波乃の耳に口を近づけて何やら授けた。

「それで、行きましょう」

波乃が大きくうなずく。二人の会話に口を挟むことなく、千九郎は任せた。

大島組の遣戸を開けて、小次郎が中に声を通す。

「ごめんくださいやし……」

「誰でえ？」

運よく出てきたのは又吉そのものであった。小次郎は今しがた又吉の顔を見ている。

「又吉さんですね……？」

「誰でい、おめえは？」

「実は、外を見てもらいてえのですが……」

小次郎に言われて又吉は三和土《たたき》に下りると、外を見回した。

「あそこに黄八丈を着た娘が立ってるでしょ。又吉さんは、とろろごぜん屋でめしを食ったことがありませんか？」

とろろごぜんを出したのは、一《いち》か八《ばち》かの小次郎の賭けであった。

「何、とろろごぜんだと。ああ、なん度もあらあ。それがどうした？」

「あの娘に、見覚えはありませんかね？」

「遠くて、顔がよく見えねえな」

「実はとろろごぜん屋に雇われている娘で、又吉さんの気風《きっぷ》のよさに惚れたようで……」

顔立ちで褒めるところのない男には、こう言うと効き目がある。

「もっと近くで見ねえとな……」

女には縁がなさそうな又吉は、自分から進んで外へと出た。遣戸を閉めて、小次郎は又吉のあとを追った。

体を左右に振って、波乃はうしろを向いた。うつむいてもじもじとする姿は、さらに又吉の動悸を激しくさせた。又吉が近づき、波乃の背中に声をかけた。

「あんたかい、俺のことを……」

「又吉さん、来てくれてうれしい」

肩を揺すって波乃は、又吉の心をくすぐる。

「こっちを向かねえかい」

「いや、恥ずかしい。もしよければ、一緒にとろろごぜんを食べに行きませんか？卵に毒など入ってはいませんよ」

「なんだと！　てめえは誰だ？」

尋常でない声を発し、又吉の顔色がにわかに変わった。この驚きこそ、これ以上ない証であった。

「おとなしくしな」

小次郎がぴったり又吉の背中にくっつくと、懐に収めていた匕首《あいくち》を取り出し鞘の先を又吉の背中に当てた。

「おとなしくついてこないと、刺す」

小次郎の声に、凄みが帯びる。

「さっ、行こ」

波乃がにっこり笑って振り向くと、又吉と腕を組んだ。

「あたしと恋の道行き。つき合ってちょうだい」

又吉を引っ張るように、千九郎のところに連れていく。あっという間に又吉を捕まえてきた小次郎と波乃に、千九郎は恐れ入ったという顔であった。

「どこに連れていくんで？」

猪牙舟に乗せられたときは、すでに又吉はうしろ手にされ左右の親指どおしが元結《もっとい》の糸で固く結ばれ、身動きが取れないでいた。

船頭には御用の筋と言ってある。舳先を横川の業平橋に向けさせた。

大島組の一部屋で、兄と妹の会話があった。

「又吉はどこ行ったい？」

「さっそく林檎の買取権利書を売りに行ったんでしょ」

大島組の主長五郎の問いに答えたのは、妹のお時であった。

「世の中に、こんなうめえ商いってのがあるんだな」

「そうだよ、兄さん。大島組《こ こ》が内藤様の代わりに勧進元となって江戸中に広がれば……」

「子供がどんどん産まれて、濡れ手で粟《あわ》の一万両かい。お時には千両ばかり分けてやるぜ」

内藤家は表に出ず、勧進元として働かせる大島組へは一万両が報酬としてあった。

「そんなにかい、ありがたいねえ」

「権八の奴を殺しちまって、淋しいだろうよ。せめてもの罪滅ぼしだ」

「いいんだよ、あんな堅物死んじまって。息苦しいったらありゃしなかった」

「馬鹿野郎が、小久保忠介なんかにいい面しなけりゃあんなことにはならなかったのによ。余計なことを知っちまったからな」

「それにしても恐ろしいねえ。林田様にちょっと話したら、すぐにバッサリだものね。命じたのはいったい誰なんだろうねえ？」

「お時、それだけは絶対に口にするな。俺だって知らねえことだし、何ごともなかったことにしていろ」

「分かったよ兄さん。それにしても楽しみだねえ……」

言いながらお時は、手にする林檎買取権利書をつくづくと見やった。

下屋敷の一部屋で、夜通し又吉は白状を迫られていた。

拷問など、手荒なことは一切していない。日付けが変わる夜中まで、又吉は一切口を利かずにだんまりを通した。問いを発しても、又吉は首を動かすことすらなかった。手荒なことはしないが、眠らせもしない。千九郎と小次郎も眠らずに、又吉が口を開くのを気長に待った。

「千九郎さん、やはり痛めつけて白状させたらどうです？」

小次郎が進言をする。

「いや、駄目だ。痛めつけて白状させても、証にはならないからな。心底この又吉が気持ちを入れ替えて、こっちの味方についてくれない限りな……」

そして、千九郎の次の言葉が又吉の心を動かすことになる。

「どうせ大島組の奴らは、権八親方のように無残にも斬り殺されるんだ。千代田のお城の奥から、そのお方が『殺せ』って一言発すればな。ああ、皆殺しってことだ。そんなんで、又吉さんが助かる道は、たった一つしかない。あんた、鳥山藩の殿様を知ってるだろ？」

三月も前に、忠介と向かい合ったことがある。又吉は、むろんそれを覚えていた。

「ああ……」

又吉が、初めて小さいながらも声を出した。

「あんたを救えるのは、そのお方だけだ。どうだ、こちらの味方についたら。悪いようにはしない」

説得が功を奏したか、又吉がうなずきを見せた。寝返ったと見て、すかさず千九郎が問う。

「鶏に毒を仕掛けたのは、あんたらだな？」

「ああ、そうだ。勘弁してくれ」

うな垂れながら、又吉は言う。

「これから訊くことに、すらすら答えてくれたらそのことは忘れよう。まずは、そのあたりのことから詳しく話してくれないか」

「あれはあるお方のお屋敷に足場をかけたとき……」

それからというもの、堰《せき》を切ったように又吉は語り出した。千九郎の問いに、一晩かけた又吉の答は、おおよそ想像したことと違いがなかった。鶏を殺すのに、鼠獲りの薬をわずかな量餌に混ぜておいたという。少量にしたのは、やはり数日間は生きさせるためであった。

「よく話してくれた。もう、鳥山藩はあんたを咎めはしないし助けてやる。ついては、大島組に戻って何もなかったように仕事に精を出してくれ。一晩いなくなった理由は適当に考えな。だが、ここで捕まったことだけは、絶対に口にしないほうがいいぞ。でないと……殺される」

千九郎の言うそばで、小次郎が小太刀を振るっている。

又吉に因果を含めると、明け方になって解き放しをした。

八

翌日早朝、千九郎は忠介と目通りし、又吉がすべて白状したことを告げた。

内藤家の鼠算式事業は深川の大島組が勧進元になり、そこを起点として動き出したことも、又吉の話の中に入っている。

きのうの今朝《けさ》である。たった一日で、証をつかんだ素早さに忠介は目を瞠《みは》った。

「ちょっとでも糸がほぐれれば、こんなものです。それにしても小次郎と波乃と、よい人選をしていただきました」

話をいなした。

「どうだ、波乃は。いい娘だろう」

今は、そんな話をしている暇はない。千九郎は、ゴホンと一つ咳払いをして忠介の話をいなした。

「よし、動き出したのだったらこれからだな。手はずどおりに行くぞ」

忠介は、内藤家の鼠算式事業が動き出すのを待っていたのだ。

「勘十郎を呼びな」

待ってましたとばかり、勘十郎が押っ取り刀で駆けつけてくる。

「これから内藤家に行きな。手はずどおりに、絶対に悟られるんじゃねえぞ。主君、永井家の積年の恨みを晴らすことを、絶対に忘れるな」

「かしこまりました」

上気しているのか、勘十郎の震える声であった。小久保家を貶めようとして、実は内藤家を陥れる。一世一代の大芝居を勘十郎は演じようとしているのだ。震えるのは無理もないと忠介は思うも、露見は絶対に許されない。

「まあ、肩の力を抜け。たった一言『できました』と言って、雛形を見せればいいことじゃねえか。餓鬼でもできるぞ、そのぐれえ」

忠介のくだけた口調に、それだけではすまないと思うも、勘十郎の気持ちは落ち着きをみせた。

「かしこまりました。それでは行ってきます」

しっかりとした勘十郎の返事に、忠介はほっと安堵する。

勘十郎が出ていくと、すぐに忠介は立ち上がった。そして、千九郎に言う。

「本家に行ってくる」

忠介が言う本家とは、小田原藩主小久保忠真《ただざね》のもとであった。


浅間勘十郎が、下谷の岩村田藩内藤家を訪ねたのは昼前であった。

「勘定役の高部丙内《たかべへいない》様を……」

門番は勘十郎の顔を覚えていて、すんなりと通してくれた。

六畳ほどの何もない部屋に通され、勘十郎は気持ちを落ち着かせると、間もなく高部丙内が入ってきた。千九郎が見たら、きのう大島組にいた侍の一人と知れるはずだ。

「高部様、鳥山藩の大和芋買取権利書が刷り上がりました」

「どれ、見せてくだされ」

高部に言われ、勘十郎は多色刷りの紙片を五枚ほど差し出した。

「ほう、当家のに似せて立派なものですな。よし、これでよろしいでしょう」

儲け話を授けてくれた相手だけに言葉が丁寧である。頭を下げて受け取ると、高部は懐の中に紙片を収めた。

「鳥山藩は、いつからはじめると言っていますか？」

「相当財政のやりくりが厳しいので、すぐにもではじめたいと……」

「いや、まだ早い。十日ほど待たせてくだされ」

「かしこまりました。それでは、手前はこれで……」

鳥山藩の買取権利書だけをもらえれば、もう勘十郎に用はない。

「あともよろしく頼みますぞ」

「はっ」

勘十郎は内藤家をあとにすると、鳥山藩には戻らず足を四谷のほうに向けた。大和新庄藩永井家の上屋敷に戻るためであった。


それから十日ほどが経った。

深川の大島組から端を発した鼠算式事業は、子が子を産んで瞬《また》く間に広がりを見せようとしていた。

一分が十両になるというまい儲け話に、町民は生活を切り詰め、貧乏侍は金を借りてまで食いつきを見せてきた。老若男女を問わず、みながこぞってなけなしの一分の金を用意した。

はじめてから十日ほども経つと、子が孫を産んでさらに曾孫《ひまご》、玄孫《やしやご》と殖えていった。すでに、深川だけでも五千人以上が一分を払って、親元になろうと躍起になった。

やがてうまい儲け話は深川を網羅し、江戸中に広がりを見せようとしていた。

「これほど広がるのが早いとはなあ……」

ほくそ笑んでいるのは、大島組の主長五郎であった。

「いや、人の欲というのは恐ろしいもので……」

追従《ついしょう》するのは、番頭の富蔵である。

「たった十日で、千両以上にもなったよ。この調子だと、一月《ひとつき》もあれば十万人に増えるね。そうなると……」

皮算用は、お時であった。

集まった金は、一度勧進元である大島組に集まる仕掛けになっている。そこから孫まで殖やしたそれぞれの親に分配がなされる。

五千人から一分を集めれば、千二百五十両となる。

「十万人になれば、二万五千両ってことです。まだまだ」

富蔵が算盤を弾いた。

「今のところ一万両を親への分配に回し、一万両を内藤家、そして五千両がこっちにか……。こいつは堪らねえな」

笑いが止まらず、開きっぱなしの長五郎の口からは涎《よだれ》が垂れている。今や大島組は、本業そっちのけで鼠算式事業に躍起となった。


鳥山藩主忠介のもとに、大名を観察・統制する幕府の要職である大目付小笠原重利からの使いがあったのは、まさにこのときであった。

「――当家にご足労願おう」

小笠原からの呼び出しに、忠介は大目付の役宅へと向かった。身分は大名のほうが上だが、大目付は幕閣である。

「ご苦労でござる」

役宅で小笠原は丁重な迎え方をした。小笠原重利は水野忠成の一派であり、これまでも小久保家を貶めようと暗躍してきた一人である。忠介は、相手の土俵に上がった。

客の間に通されると、岩村田藩主内藤正縄が上座に座っている。

口をへの字に結んだ、正縄のしかめっ面が忠介を迎え入れる。

こちらにどうぞと、忠介は正縄の正面に座らされる。その脇に、小笠原が座った。

挨拶もそこそこ、小笠原が切り出す。

「本日小久保様にお越し願ったのはほかでもない、こちらにいらっしゃる内藤様から訴えが出ましてな……」

「ほう、訴えとはいかなることで……？」

忠介が問い返す。

「惚けてもらっては困りますな、小久保殿」

正面に座る、内藤正縄が小笠原を差し置いて言った。

「まあ、内藤様。それは身共から話しまする」

小笠原が、正縄を制して言う。

「何やら小久保様は、大名としてあるまじきことをなされたと。今、幕府の中で大変な問題として取り沙汰されておりまする。これは由々《ゆゆ》しきこととご老中のお怒りは心頭に発し、鳥山藩小久保家の改易を、上様に言上《ごんじょう》しようとされておりまする」

ご老中といえば、水野忠成と知れるも忠介は口にすることなく、黙ってその先を聞いた。

「今、小久保家には一万両の手伝普請の命《めい》が出されております。その財源を捻出するため卑怯千万たる策謀を抱いているというのが、内藤様からの訴えであります」

「卑怯千万とは、聞き捨てなりませんが……」

「ならば、申しましょう。内藤家が考案した、鼠算式事業というのをご存じですかな？　多大な利を得ることができる、大層な商いということですが……」

「はあ、それとなく耳にしておりますが……」

「何を惚けるか、小久保殿！」

片膝を立てて、正縄はいきなり怒鳴り声をあげた。

「他人のものを盗んでおいて、それとなくなどと……。盗人猛々《ぬすっとたけだけ》しいとはこのことだ。まったく、大名として恥というものを知らんのか」

「まあまあ内藤様。そんなに興奮なさらずとも……」

小笠原が正縄を宥《なだ》めながら、懐から一枚の紙片を取り出した。

「こういうものをご覧になったことがありますかな？」

それは内藤家が発行した、林檎買取権利書であった。

「それがしも、この鼠算式事業には一目《いちもく》も二目もおいております。それはさておき、内藤様は大名家ということで、自らこの事業には手を下しておりません。民が潤うようにと、それは大きなお心で大島組という町人に携《たずさ》わせております。しかも、上げた利益は幕府の政《まつりごと》に活かそうとする。私利私欲を度外視した事業の遂行は、まことに立派なお心がけでございまする。その内藤様が、苦慮に苦慮を重ねてようやく生み出した創意と工夫を横取りするとは言語道断、不埒《ふらち》千万。これと同じことをして他人《ひと》の仕事の邪魔をし、かつまた利を横取りしようとする魂胆は武士としてはあるまじきおこないですな」

小笠原の言いたい放題を、忠介は言葉を挟むことなく聞いている。

「それにしても、嘆かわしい。こんなものを作って、二番煎じを狙っていようとは……」

言いながら、もう一枚の紙片を取り出す。鳥山藩が作った紙片であった。

「それでもって一万両の供出金を調達するなどと、幕府はおそらく受け取りませんぞ、そんな悪銭など……」

「おおよそ言いたいことは分かりました」

小笠原の言い放ちに、それまで目を瞑《つむ》って聞いていた忠介が、おもむろに口にする。

「よくもまあ、そこまで御託を並べましたな、大目付殿……」

「なんですと、御託とは。聞き捨てなりませんな」

「たしかにそれは、当方で作ったもんだ。だけど、よく見てご覧なさいよ。その紙にはなんて書いてあります？　うちが作ったものは内藤様が考えたという鼠算式事業とは、まったくかけ離れたものですぜ」

「なんだと？」

正縄も小笠原も、それぞれ手にして紙片を見ている。

「よく読まれなされ。これはわが藩内だけで流通する大和芋の『買取権利証書』。証の字が一つ入ってます。大和芋畑を一坪ずつに割って、そこで収穫する分の権利を買ってもらおうというものです。一分で一坪分の収穫が権利となる。十両とあるのは還元金ではなく、一人が取得できる上限の意味。即ち、四十坪まで権利がもてますよという意味でござる。一分を出せば十両になるなんて、どこにも書いてないでしょうよ。このやり方は、資金を集めるための常套手段で、大和芋の作高に応じて換金をする証書てことですな。鳥山藩に金を預けてくれた領民への、いわば債権証明書ってことです。実態のないもので金を闇雲にかき集めるのとは、まったく別のもんですぜ」

目を凝らして、正縄も小笠原も読んでいる。そこに忠介は畳みかける。

「申しわけないと思いましたが、真似をしたのは図案の意匠だけ。見てくれがいいと、ちょっと参考にさせてもらいました。ですが、色はまったく違いますし、人々が間違えることはないでしょう。これでも咎めが……？」

あるのかと、忠介は胸を張った。二の句が告げずに、正縄も小笠原も黙ったままだ。

「それよりも内藤殿、あと五日もしたら大変なことが起こりますよ」

「なんだと？」

正縄の驚く顔を目にして、忠介は立ち上がった。

「用事はそれだけでしたかな？」

言って忠介は腰を上げるも、小笠原は止めようとはしない。

「くそっ、永井直養めが！」

悔しがる内藤正縄の声が、襖を開けて出ようとする忠介の背中で聞こえた。

九

それから五日後のこと。

深川佐賀町大島組の店先には、人がごった返していた。その数、ざっと二百人はいるだろうか。口々に『十両を返せ！』と叫んでいる。

深川ではすでに飽和状態に達し、一人の子も産み出すことが叶わなくなっての取りつけ騒ぎであった。

「――俺は親から兄弟、友人《だち》までを子にして金を出させたんだがよ、もう誰一人として孫を作れなくなったぜ。これじゃ、十両どころでなく元金も返ってこねえ。みんなから恨まれちまって、いってえどうしてくれるんで？」

なけなしの一分金を叩いて親になろうとした者たちの、悲痛な訴えであった。

この事業が、やがて破綻をきたすことに気づくのには、ときが遅すぎたようだ。すでに、江戸中に広まりを見せていた。

そこに、町方与力が捕り方役人を十人ほど従え、乗り込んできた。

「どけ、どけどけ、どけえぃ！」

陣笠を被った与力が、馬上で口にする。群衆をかき分け馬から降りると、大島組の内部に役人たちもろともなだれ込んだ。

取りつけ騒ぎに怯え、主の長五郎、お時、番頭の富蔵の首謀者たちが奥の座敷で一塊になっている。その部屋に土足で捕り方が入った。

「主の長五郎だな？」

「はっ、はい……」

与力の問いに、長五郎は土下座をして答えた。

「騙《かた》りの訴えが、江戸中至るところから出ている。ここにいる三人をひっ捕らえい」

与力の号令が下ると、捕り方役人たちは三人に早縄を打って引き立てた。

「奉公人たちはどうした？」

一人も見当たらない。

「へい、みんな今朝からどこかに行っちまって……」

長五郎が、萎《しお》れた声で答えた。

深川から永代橋を渡り、徒歩でもって呉服橋《ごふくばし》御門近くの北町奉行所まで連行されていく。その距離およそ半里五町。大島組が捕らえられたと聞きつけ、鼠算式事業の首謀者を一目見ようと沿道には人々が集まってきていた。

「十両返せ、このやろー」

一分を騙し取られた腹いせの、罵声をあちこちから浴びせられる。縄でつながれた三人は顔さえ上げられず、終始うつむいて歩いた。

群衆の中に、小次郎と波乃も交じっていた。

大島組から少し離れたところで、その様子の一部始終を見ていた。

「いい気味ね……」

三人の連行を見届けると、波乃が吐き捨てるように言った。

「首尾《しゅび》よくいったな。千九郎さんに知らせよう」

小次郎が言うと同時に、二人は動き出した。仙台堀の桟橋に下りて舟で、千九郎が待つ鳥山藩の下屋敷へと向かった。

下屋敷に戻り、小次郎と波乃が顛末《てんまつ》を報告する。

「……ということで、大島組の三人が捕らえられていきました」

そこには、大島組の奉公人たちが十人ほど逃げてきていた。鳶の又吉もその中にいる。

「奉行所のお白州で、これまで大島組がしでかしてきたことを洗いざらい話してくれ。そうすれば、みな江戸ところ払いくらいの罪で済むはずだ」

千九郎の目的は、これらの雑魚《ざこ》どもを陥れることではない。いかに水野忠成と内藤正縄に一泡吹かせ、一万両の供出を阻止するかに懸かっていた。

「分かりやした。これから北町の御番所にみんなして出向きまさあ。おかげで助かりましたぜ、捕り方が来るのを報せてくれて。でなければ、今ごろみんなもとっ捕まってる。そうしたら……」

江戸ところ払いでは済まない。遠島の刑は免れないと踏んでいた。

「そうしてくれ。途中で逃げてもかまわないけど、金を出した連中から袋叩きに遭うのを覚悟しろよ」

「そんな、馬鹿な真似はしませんよ」

又吉たちは千九郎が手配した川舟で、呉服橋まで行くことにした。


その二日後、岩村田藩主内藤正縄の体は、老中水野忠成の屋敷にあった。

忠成を前にして、苦悶の表情を浮かべている。

「申しわけございませぬ。このたびはしくじりました」

深く詫びる正縄に、厳しい顔をした忠成の叱咤が飛ぶ。

「謝っただけでは、済まん。上様に呼ばれて叱られてしもうた。水野の親類がしでかしたことだ、なんとかしろとな。次の老中に忠邦が推挙されるが、実の弟がよからぬ企みをしおって蟄居《ちっきょ》にでもなったら、もう水野家は終いだぞ。そうならぬよう、上様に穏便にしていただくよう嘆願すると、分かっていただけた。ただし、内藤家の処分は、わしに任されることになった」

自分はあくまでも、関わりがないというような忠成の口調であった。それを、正縄は苦々しく思って聞いていた。

すべては忠成の、小久保家に対する私怨に報いようとしてやったことだと思うも口には出せず、正縄はただひたすらうつむくだけであった。

「かろうじて内藤家を潰すという、最悪の事態は避けられた。これはありがたいことだ。しかし、それ相応の処分は下さなくてはならん。上様も納得はしないだろうからの」

「処分とは……？」

「悔しいがこのたびは、小久保家の勝ちだ。上様を動かしたのは、本家の忠真であろう。分家の忠介の知略でな。それにしても分家の忠介の奴、敵にしておくには惜しい男。おぬしなど、とても敵《かな》わぬものと悟った。そんなんで、江戸湾の埋め立て工事の御手伝普請、一万両の供出はそのほうがいたせ」

「そんな……」

「仕方がなかろう、戦《いくさ》に負けたのだからな」

がっくりと肩を落とし、正縄が渋々うなずく。

「そればかりではないぞ……」

「はっ？」

「まだ、大きい処罰が残っておる。きのう、北町奉行の榊原忠之《さかきばらただゆき》が来てな、普請奉行林田のことに言及した。大島組の吟味で、すべてのからくりが分かったそうだ。

『――すべては内藤様と普請奉行林田殿の策略』と白状したそうだ。そのことで、鳶の頭を一人殺《あや》めたそうではないか。奉行がわしを疑う目で見ていたぞ。しかし、言葉はわしへの嘆願であった。林田の処分をお願いするとな、町奉行の精一杯の皮肉だろう」

「林田の処分は、いかようにも……」

「もう、大目付の小笠原に命じたわ。佐渡金山奉行の下について、一生穴の中で暮らさせることにした。それとおぬしにもだ……」

まだあるのかと、正縄は訝しげな目で忠成を見やった。その沙汰が、忠成から下された。

「……なんと」

正縄の太った体は、生気が抜けたように小さく萎《しぼ》んだ。

「……小久保家を貶めるに、また次の手を打たんといかんのか」

ふーっとため息が漏れるも、忠成のその呟きが正縄の耳に届くことはなかった。

翌日の夕――。

鳥山藩上屋敷にいた忠介のもとに、本家の小久保忠真が訪れてきた。

「すべての沙汰を、水野忠成が下したそうだ」

開口一番忠真が、晴れ晴れとした口調で言った。

「まさに、蜥蜴《とかげ》のしっぽを斬るってやつだ。上様からたしなめられ、自らが逃れるのには、多少は下に対して重い処分を下さなくてはならない。そんなこんなで大島組の全財産は没収。鼠算式事業で入った金も、全部徳川家の金蔵に納められる。すべて合わせて、おおよそ三万両もあるそうだ」

「それではまさか、上様を……」

「ああ、そうよ。そのくらいの土産がないと、上様も耳を貸さないだろうからな。それを仕掛けたのは、忠介ではないか」

「そんなことは、畏れ多くて……」

いたしませんと、忠介は天井を向いて首を振った。

「先だっておぬしが来たとき、顔にそうしてくれと書いてあったわ。それはともかくとして、普請奉行の林田だが佐渡金山への、実質島流しのような左遷《させん》となったそうだ。そして、内藤だが……」

その処分が一番知りたいことと、忠介はいく分体をせり出した。

「鼠算式事業で被害を受けた者たちには、内藤家の財でもって返還がなされるとのことだ。これまでに、おおよそ一万五千両を集めたそうだ」

「それを、全部内藤家に押しつけたのですか？」

「ほかに、誰が返す？　大島組の財は徳川家のものだしな。そうでもしない限り、水野が下す処分は甘いと上様から詰《なじ》られるだけだ。北町奉行の榊原が、老中にそんな進言をしたそうだ」

北町奉行の榊原は、小久保家との縁が親密である。遠い昔、三方ヶ原《みかたがはら》の戦いで榊原家の先祖が、小久保家の先祖に助けられた逸話が残っている。その子孫は、今でもその恩を忘れてはいない。

その榊原を動かしたのも、忠真の手管《てくだ》だと忠介は思った。

「それとだ、忠介……」

「まだ何か？」

薄ら笑いを浮かべた忠真に、忠介の首がわずかに傾いだ。

「喜べ。江戸湾埋め立ての金だがな……」

鳥山藩からの供出は免除されたと聞いた忠介は、天にも昇る心持ちとなった。あと数日で、一万両を供出しなくてはならないと頭を痛めていたからだ。

「すると、内藤家は都合二万五千両のもち出しと……」

「ああ、今の内藤家ではそれほどの財の供出はかなりの痛手であろう。改易の咎めとはならぬが、水野忠成の苦肉の計らいだ。それで、勘弁してやれ」

忠介は勘弁しても、永井直養がどう思うか分からない。ただ、溜飲を下げるというだけなら、充分な処分だと忠介は思った。

ちなみに巷間には、こんな辛辣《しんらつ》な戯《ざ》れ唄が隠れ聞こえていた。

金はないない内藤豊後　袖から襤褸《ぼろ》が下がり藤

内藤家の家紋は、下がり藤である。内藤家の困窮を皮肉った唄だといえる。

忠真が帰ったあと、忠介は千九郎を呼んだ。

それぞれの処分について、忠介の口から語られた。

「まあ、そんなところが妥当だろうな。黒幕の水野忠成も、これで肝を冷やしただろうぜ。親類筋の内藤家を、さらなる財政難に陥らせる重い処分を下したのだからな」

忠介の話はまだつづく。

「それと、大島組の首謀者たちだが……」

主の長五郎と番頭富蔵は八丈島、お時は三宅島への無期遠島となった。

「そして、奉公人たちだが……」

千九郎にとって、その処分は気になるところである。

「鼠算式事業で被害を受けた者たちに、金を返却する手間を授けたそうだ。それが済んだら、江戸ところ払い……。お奉行の粋な計らいってやつよ」

その言葉に、千九郎がほっと小さく安堵の息を吐いたのを忠介は見て見ぬ振りをした。

「これで一件落着だ。ところで、新規事業のいい案は浮かんだか？」

忠介が話を切り換える。

「殿がすでに考えたではございませんか」

「おれがか？」

「一分で、一坪分の大和芋の権利がどうのこうのと、おっしゃってましたが……」

「ああ、あれか。いい加減で言ったことよ」

「いや、手前は面白いと思いますが。もう少し、話を詳しく聞かせてはいただけませんか？」

「そうか……」

忠介の話を、黙って千九郎が聞き取る。

河川修復工事の財源に思いが馳せるか、互いのその顔がほくそ笑んでいるかのように見えた。

時代小説

二見時代小説文庫

運気《うんき》をつかめ！　殿《との》さま商売人《しょうばいにん》3

著者　沖田《おきだ》　正午《しょうご》

発行所　株式会社　二見書房
東京都千代田区三崎町二－一八－一一
電話　〇三－三五一五－二三一一［営業］
〇三－三五一五－二三一三［編集］
振替　〇〇一七〇－四－二六三九

印刷　株式会社　堀内印刷所
製本　ナショナル製本協同組合

ISBN978－4－576－15056－7
http://www.futami.co.jp/

べらんめえ大名 殿さま商売人1

沖田正午［著］

父親の跡を継ぎ藩主になった小久保忠介。財政危機を乗り越えようと自らも野良着になって働くが、野分で未曾有の窮地に。元遊び人藩主がとった起死回生の秘策とは？

ぶっとび大名 殿さま商売人2

沖田正午［著］

下野《しもつけ》三万石鳥山藩の台所事情は相変わらず火の車。藩主の小久保忠介は挫けず新しい儲け商売を考える。幕府の横槍にもめげず、彼らが放つ奇想天外な商売とは⁉

陰《かげ》聞《き》き屋 十兵衛

沖田正午［著］

江戸に出た忍《しのび》四人衆、人の悩みや苦しみを陰で聞いて助けます。亡き藩主の遺恨を晴らすため、亡き萬が揉め事相談を始めた十兵衛たちの初仕事はいかに⁉ 新シリーズ

刺客 請け負います 陰聞き屋 十兵衛2

沖田正午［著］

藩主の仇の動きを探るうち、敵の懐に入ることになった陰聞き屋の仲間たち。今度は仇のための刺客や用心棒まで頼まれることに…。十兵衛がとった奇策とは⁉

往生しなはれ 陰聞き屋 十兵衛3

沖田正午［著］

悩み相談を請け負う「陰聞き屋」なる隠れ蓑のもと、仇討ちの機会を狙う十兵衛と三人の仲間たち。今度こそはと敵に仕掛ける奇想天外な作戦とは⁉ ユーモアシリーズ！

秘密にしてたもれ 陰聞き屋 十兵衛4

沖田正午［著］

仇の大名の奥方様からの陰依頼。飛んで火に入るなんとやらで絶好の仇討ちの機会に、気持ちも新たに悲願達成を目論むが。十兵衛たちの仇討ちユーモアシリーズ第4弾！

そいつは困った　陰聞き屋 十兵衛5
沖田正午［著］

押田藩へ小さな葛籠を運ぶ仕事を頼まれた十兵衛。簡単な仕事と高をくくる十兵衛だったが、葛籠を盗まれてしまう。幕府隠密を巻き込んでの大騒動を解決できるか!?

一万石の賭け　将棋士お香 事件帖
沖田正午［著］

水戸成圀は黄門様の曾孫。御俠《おきゃん》で伝法なお香と出会い退屈な隠居生活が大転換！　藩主同士の賭け将棋に巻き込まれて…。天才棋士お香は十八歳。水戸の隠居と大暴れ！

娘十八人衆　将棋士お香 事件帖2
沖田正午［著］

御俠《おきゃん》なお香につけ文が。一方、指南先の大店の息子の拐かしを知ったお香は、弟子である黄門様の曾孫・梅白に相談するが、今度はお香が拐かされ…。シリーズ第2弾！

幼き真剣師　将棋士お香 事件帖3
沖田正午［著］

天才将棋士お香は町で大人相手に真剣師顔負けの賭け将棋で稼ぐ幼い三兄弟に出会う。その突然の失踪に隠された、とある藩の悪行とは!?　娘将棋士お香の大活躍！

はみだし将軍　上様は用心棒1
麻倉一矢［著］

目黒の秋刀魚《さんま》でおなじみの忍び歩き大好き将軍家光《いえみつ》が浅草の口入れ屋に居候。彦左や一心太助、旗本奴や町奴、剣豪らと悪党退治！　胸がスカッとする新シリーズ！

浮かぶ城砦　上様は用心棒2
麻倉一矢［著］

独眼竜正宗がかつてイスパニアに派遣した南蛮帆船の絵図面を紀州頼宣《よりのぶ》が狙う。口入れ屋の用心棒に姿をかえた家光は…。あの三代将軍家光が城を抜け出て大暴れ！

朱鞘《あかさや》の大刀　見倒屋鬼助《みたおしやきすけ》 事件控1
喜安幸夫［著］

浅野内匠頭の事件で職を失った喜助は、夜逃げの家へ駆けつけて家財を二束三文で買い叩く「見倒屋」の仕事を手伝うことになる。喜助あらため鬼助の痛快シリーズ第1弾

隠れ岡っ引　見倒屋鬼助 事件控2
喜安幸夫［著］

鬼助は浅野家家臣・堀部安兵衛から剣術の手ほどきを受けた遣《つか》い手の中間《ちゅうげん》でもあった。「隠れ岡っ引」となった鬼助は、生かしておけぬ連中の成敗に力を貸すことに…。

濡れ衣晴らし　見倒屋鬼助 事件控3
喜安幸夫［著］

老舗料亭の庖丁人と仲居が店の金百両を持って駆落ち。探索を命じられた鬼助は、それが単純な駆落ちではないことを知る。彼らを嵌めた悪い奴らがいる…鬼助の木刀が唸る！

与力・仏《ほとけ》の重蔵　情けの剣
藤水名子［著］

続いて見つかった惨殺死体の身元はかつての盗賊一味だった。鬼より怖い凄腕与力がなぜ〝仏〟と呼ばれる？男の生き様の極北、時代小説に新たなヒーロー登場！

密偵《いぬ》がいる　与力・仏の重蔵2
藤水名子［著］

相次ぐ町娘の突然の失踪…かどわかしか駆け落ちか？手がかりもなく、手詰まりに焦る重蔵の乾坤一擲の勝負の一手！〝仏〟と呼ばれる与力の、悪を決して許さぬ戦い！

奉行闇討ち　与力・仏の重蔵3
藤水名子［著］

腕利きの用心棒たちと頑丈な錠前にもかかわらず、千両箱を盗み出す〝霞小僧〟にさすがの〝仏〟の重蔵もなす術がなかった。そんな折、町奉行矢部定謙が刺客に襲われ…

修羅《しゅら》の剣　与力・仏の重蔵4
藤水名子［著］

江戸で夜鷹殺しが続く中、重蔵は密偵を囮に下手人を挙げるのだが、その裏にはある陰謀が！闇に蠢く悪の所業を、心を明かさぬ仏の重蔵の剣が両断する！